エブリスタ
WOMAN

共葉月メヌエット

青山 萌著

三交社

共葉月メヌエット

目次

第一章　不協和音……005
第二章　調律……102
第三章　メヌエット……208
エピローグ……290

第一章　不協和音

肌寒さが和らいできた三月のある日、家の縁側で、私はワンピースの裾からあらわにした脚をぶらつかせながら大きく息を吸い込んだ。母と秋に植えたフリージアの香りが風に乗って私の鼻孔をくすぐる。

「日が長くなったわね。風が気持ちいいわ」

背後からの声に私が振り返ると、穏やかな顔で空を見上げる母がいた。もう夕方だというのに、空はキレイな青に彩られている。

「ええ、ほんと……」

寒い冬は嫌なことを思い出してしまうから、日が長くなる今の季節が好きだ。

「一年なんてあっという間ね……」

母の声が少し寂しそうに聞こえるのは気のせいではない。

「葉月《はづき》も大学生ね。せっかくのお休み、家にばかりいてもいいの？」

「ええ」

私は高校を卒業したばかりで、この春から大学生になる。宿題や部活に縛られることのない休みが続く今、遊びに出かけるのは自由なのに、私はほぼ毎日家にいた。自分にとっては自然なことで、家でゆったりと過ごすほうが性に合っていた。

「お母様、今から夕食を作るの？」

「ええ。葉月も作る？」

母と一緒に料理をするのは、私が家にいるときの日課になっている。うなずこうとしたそのとき、玄関の引き戸が開く音が聞こえた。こちらに向かってくる足音に、私はワンピースの裾を手で押さえながら慌てて立ち上がった。

普段はもっと遅くに帰宅する父だった。その表情は怒っているようにも見えて、私は首をすくめた。

「あなた、おかえりなさい」

母に続いて、私は慌てて「おかえりなさい」と口を開いた。

「葉月、今度の日曜、婚約者候補と食事会だ」

「えっ……」

帰宅早々、父はいきなり突飛なことを言った。その発言の意味がすぐには理解できず、言葉に詰まる。なぜ急に、そんな話になったのだろう。少なくとも昨日までは予兆がなかった。

「悪い相手じゃない。蓮池《はすいけ》のお孫さんだ」

私に向けられた言葉であるのは間違いない。大学のことしか頭になかった私は、いきなり飛び出した〝婚約〟の二文字に驚きを隠せなかった。それでも、怖い顔で睨《にら》む父に怯《おび》えて、小さく「はい……」とうなずいた。

昔から家族内で絶対的な権威を持つ父に反論はできなかった。ただ、父が悪い相手ではないというのだから、お金持ちであるのは間違いない。

「あなた、葉月はまだ高校を卒業したばかりですよ」

「そんなの関係ない、もう結婚できる年齢だ」

父の言うことは間違ってはいない。私の歳で結婚する人もいるとは思うけれど、今の時代、このような形で結婚する人は多くないだろう。

「そうは言っても、これから大学もあるのよ」

「関係ない」

重い空気が張り詰める。長年の経験からこういうときのやり過ごし方を、私はわかっている。

「お母様、私は平気です」

「でも……」

母が心配そうに私を見るが、母だってわかっているはずだ。

「これは決定だ」

父の声が力強く響き渡る。私は瞳を閉じて小さく息を吸った。

父が白と言えば白、黒と言えば黒。我が家に父に刃向うことのできる人はいない。

唯一、五つ上の姉の弥生《やよい》を除いては……。

姉はこの窮屈な家が嫌で、政略結婚をさせられそうになった前夜、家を出て行った。

三年前の冬のことだ。

「葉月、あきらめないのよ。幸せになって」という彼女の言葉を今でも思い出す。

私、寿《ことぶき》葉月の父は〝寿〟百貨店の三代目社長を務める。曾祖父から引き継いだもので、昔から〝寿屋〟として親しまれる老舗だ。私の住む福岡には全国展開している有名デパートもあるが、それらと肩を並べるくらい知名度が高く、この辺りで知らない人はいない。

そのため、幼い頃から寿という名前だけで、周りからは何不自由ない暮らしを送っていると思われてきた。しかし、実際には厳しい父と祖母に、幼い頃からあらゆる習い事や勉強を強いられ、窮屈に生きてきた。その反発が姉の家出の一因であり、母の支えがなければ、私もどうなっていたかわからない。

「これ以上にない相手だ。葉月は知らないだろうが、彼と結婚を望む女性は大勢いる。お前は運がいいんだぞ」

父が私に有無を言わさぬように鋭い視線を送る。

「ただ、葉月が食事会で粗相をすればこの話はなくなるからな」

父の表情から失敗は許さないという強い思いを感じて私は目を伏せた。望んでいない結婚とはいえ、父を前に自ら不出来を演じることはできそうになかった。できれば、何もせずに相手が断わってくれることを祈りつつ、「はい」とうなずいた。

「しっかりな」

それにも反射的にうなずいた。父は反論しない私に満足したように、笑みを浮かべて居間から出て行った。

思いもよらない結婚話に、私はその場に立ち尽くした。恋愛経験すらないというのに、顔も知らない男性と結婚させるとは時代錯誤もいいところだ。大学生になることで少しは自由が手に入ると思っていたのに、どうして今なのだろう。

「葉月……」母が頼りない声で私を呼んで抱きしめる。

「ごめんね、葉月」

「お母様……」

涙がこぼれそうになる。母は悪くない。悪いのはこの家だ。きっと寿に生まれたときから私の運命は決まっていたに違いない。

私は負の感情を振り払うように小さく首を横に振る。

「お母様、お相手はどんな方なの？」母を気遣い、できるだけ気丈に振る舞う。

「一度お会いしたけど、すごく素敵な方よ」

母がそう言うなら本当だろう。しかし、それでも結婚に何の魅力も感じない。

「学校はどうすればいいの？」

高校が女子校ということもあり、恋すらしたことのない私は、大学での出会いを密かに楽しみにしていた。その期待は消えたものの、それでも大学に通わせてもらえるかどうかが気になった。いくらインドア派な私とはいえ、この歳で主婦として家にこもることになるのは耐え難かった。

「大丈夫よ。心配しないの」

母はそう言ったけれど声は震えている。母にもわからないということだ。しかし、私が泣けば、母はもっと悲しがるだろう。

「お母様が言うなら信じるわ」

きっと母は心で泣いている。だから私はこぼれてしまいそうな涙を堪《こら》えた。


迎えた日曜日、父に急かされながら支度に追われた。母に和服を着つけてもらい、髪を結われる。それから、普段はしない化粧をうっすらと顔に施された。鏡を見ると、自分の表情がやけに頼りなく感じる。

「何をしてるんだ。準備はできたのか？」

鏡の中の私の隣に父が映った。私はそれにうろたえたが、父は気にする様子もなく、母に視線を向けた。

「できましたよ。キレイでしょう、あなた」

「あぁ……」

父の言葉は素っ気なかった。私の格好や顔などは、さほど興味がないらしい。わかっていたことだけれど、さらに気分が沈んでしまう。

「もう、あなた……」

父は普通の人とは違う。娘が嫁ぐことを嘆くような感情を持ち合わせていない。

「葉月、もっと明るい顔をしろ」

無茶なことを言われて胸が痛む。父にとって、私の存在はいったい何なのだろう。

「あなた、葉月は緊張しているんですから……」

「暗い顔をしていてはあちらに失礼だろう」

娘の心中など微塵《みじん》も心配していないような言葉を投げつけられ、緊張よりも絶望が私を襲う。

行きの車内は静かで、誰一人として口を開かない。外の景色を眺めるも、すべてが色のないものに感じられた。着慣れない和服の帯が胸を圧迫して苦しい。それ以上に私の心も苦しかった。

早めにホテルに着いたものの、部屋に通されると相手のご両親はすでに到着していた。父との会話が弾んでいる様子から、面識があるのだろう。

会話が途切れたとき、相手の母親が私に視線を向けた。

「あなたが葉月さんね。昔よりキレイになって……」

〝昔より〟ということは、以前から私を知っているということだ。しかし、私には全く覚えがない。

「ほら葉月、ご挨拶しなさい」

父に急かされて、私は慌てた。

「あ、はい。……娘の葉月です」

これ以上言葉が続かない。父の様子は気になったものの、見るのが怖くてうつむいてしまった。

「すみません」と、父は私の代わりに穏やかな表情を装って謝罪した。しかし、内心はそうでないことが声から伝わってきた。

後で叱られるという思いが、私をさらに苦しめる。誰でもいいから今すぐ私をここから連れ出してほしかった。

「いいんですよ。葉月さんは昔から大人しい性格だったものね。弥生さんと違って」

私を見たことがあるだけでなく、性格まで知っていることにも驚いた。いったいどこで会ったというのだろう。

「ええ。葉月は子供の頃から大人しくて」

父は姉のことには触れずに、愛想笑いを浮かべた。父にとって姉は思い出したくない存在と化しているようで悲しかった。私は無性に姉が恋しくなった。今どこにいるのだろう。姉がいれば、きっと今の私を救ってくれるだろう。

するると、遠くから足音が聞こえてきた。きっと見合い相手に違いない。

そう思ったと同時に扉が開き、張り詰めた空気が部屋に広がった。

「共哉《ともや》遅いわよ」

「仕事だよ。これでも早く来たんだ」

その声は低く冷たい。

「葉月さんがお見えよ」

私が恐る恐る声のしたほうを振り返ると、そこには黒く艶のある髪をオールバックに固めた端正な顔の男性がいた。背はかなり高い。見上げると鋭い視線とぶつかり、思わず声を上げてしまいそうになった。突き刺さるような彼の視線に耐えられず、私は思わず目をそらしてしまった。

「はじめまして。蓮池共哉です」

彼がまとう威圧感に返事もできずにいると、父に「ほら、葉月」と促された。

「し、失礼しました。はじめまして、寿葉月と申します」

自分でも声が震えているのがわかる。怖いと感じてしまうのは、男性に慣れてないせいではない。彼がとてつもなく冷めた表情をしているからだ。

「今日はよろしく」という言葉には温かみの欠片《かけら》も感じない。

「こ、こちらこそ……」

顔を上げられないまま、やっとの思いで口にした。

「申し訳ない。まだ高校を卒業したばかりで常識知らずな面も多くて」

父に背中を軽く叩かれて、反射的に顔を上げた。蓮池さんが視界の中央にいる。

「いえ」

彼は私を一瞥《いちべつ》して父に視線を向けた。その目はすごく冷淡だ。私は改めて、この人が見合い相手なのかと落胆した。しかし、父は彼に気に入られようと必死な様子だ。

「葉月は見てのとおりまだ子供ですが、大人しい性格です。共哉君に気に入ってもらえるとありがたい」

あの父がどうしてここまで腰が低いのか不思議だった。このときの私は、父の経営する百貨店が時代に取り残されて大赤字が続き、所有する土地を処分しなければならないほど困窮していることなど知らなかった。

「ごめんなさいね、葉月さん。この子、無愛想で」

彼の母親の言葉に私は固まるばかりで、首を横に振ることすらできない。

「とんでもない。共哉君はご立派な青年だ」

父はまた、彼の機嫌を取るように言った。

和やかとは言えない雰囲気の中、お見合いが始まった。そして、冷徹な彼が自ら言葉を発することはなかった。彼の母親が気を遣い、私に質問を投げることで、ようやく成り立っているようなものだった。

「葉月さん、ご趣味は？」

「趣味と言えるほどのものではありませんが、フルートを吹くことです」

私は中学校と高校のとき吹奏楽部に属していて、楽器はフルートだった。

しかし、その答えは父の意にそぐわないものだったようだ。

「葉月、琴や生け花も好きだろう」

父が威圧的な視線を私に送る。父は私が吹奏楽部に所属していたことをよく思ってはいない。

「はい」とは答えるが、実際は、琴も生け花もフルートほど魅力を感じなかった。

「葉月は料理も得意なんですよ」

父は彼の母親に笑顔で続けた。要するに、彼に気に入られるような話をしろと私に言いたいのだ。

「あら、お料理は習ってらしたの？」

「いえ、母からです……」

母はお手伝いさんがいたにもかかわらず、料理はすべて自分で作っていた。私は母から教えてもらい、今では一人暮らしをしても困らないくらいになっている。

「そうだったわ。奥様はお料理がお上手なのよね」

「いえ、それほどでも……」

相手方は私の母のことまで詳しいようだ。改めて記憶をたどってみるものの、どうしても接点が思い出せなかった。

「葉月さんがお料理好きだと聞いて安心したわ。ね、共哉？」

彼の母親は笑みを浮かべながら言った。今まで黙って聞いているだけだった彼に、突然話を振るから、私は思わず身体を硬くさせた。

「そうですね……」

彼は関心がなさそうに返事をした。一瞬、部屋が静まり返る。

「共哉、もう……。そうだわ、お二人でお外にいってらっしゃいな」

彼の母親の提案に、私はたじろいだ。いきなりそう言われても、心の準備ができていない。お見合いというのは、会話をしてある程度お互いを知ってから二人きりになるものだと思っていた。

「奥様、しかしまだ……」

父は父で、私が粗相をしないか心配なのだ。私とは違う意味で、戸惑っているに違いない。

「ほら、共哉。お庭はお花がキレイだったわ。いってらっしゃい」

彼の母親に私と父の思いは届きそうにない。

「そうですね……」

私の父は明らかに困惑しているが、彼の母親はやけに積極的だ。こんな状態の私たちが仲を深めることができるとでも思っているのだろうか。

渋々という面持ちで彼が立ち上がった。

「行こう」彼に声をかけられ、緊張が走る。

「はい」

気が進まないが、その思いを胸の奥に押し込めて、私も立ち上がった。

素直に従う私に向かって、父は「わかっているな」とでも言いたげに目配せをしてきた。それに小さくうなずき、部屋を出た。

彼の後に続き、庭に下りる。あまりの緊張で、胸から飛び出しそうなほど心臓は激しく脈打っていたが、花の香りと外に出た解放感で少しだけ気持ちが落ち着いた。

二人きりになったというのに、彼の様子は変わらない。歩みを止めない彼の靴音と、私の下駄と和服の擦れる音だけしか聞こえない。この結婚に対して、彼が乗り気でないことが伝わってきた。

断ってもらえそうな予感に希望が芽生えるものの、沈黙に押しつぶされそうだった。彼の後について行くのが精いっぱいで、自分から話しかけるゆとりもなかった。

しばらくすると、彼は足を止めて私を振り返った。とてつもなく冷たい視線に身体を縮こませると、彼はようやく口を開いた。

「お前は、この結婚話に納得しているのか？」

恋愛経験すらない私が突然お見合いをさせられたのだから、到底受け入れられるわけがない。しかし、父の様子を思い返すと、本心を言えなかった。

「……はい」

そう返事をしてうつむいていると、私の視界に彼の靴が映り込んできた。彼が私との距離を縮めたことに気づいて、驚いて顔を上げる。至近距離で射るように見られ、私はうろたえて後退《あとずさ》った。

「本当は父親に言われて仕方なく来たんだろう？」

核心を突かれて、私は黙り込む。それが答えだと受け止めたのだろう。彼は私から視線を外すと、はっきりと告げた。

「だが俺は、この話を受けるつもりだ」

「で、でも……」

まだ会って間もないうえに、二人きりになって数分しか経っていない。まともに会話らしい会話さえしてないのに、結婚という重大な事を簡単に決めてしまう気持ちが理解できなかった。

「お前の親も、俺の親も結婚を望んでいる。それに、俺にとっても都合がいい」

「都合ですか?」

「結婚しても、大学には通わせてやる」

うつむいて話を聞いていた私は、予想だにしなかった言葉に驚いて顔を上げる。

「大学に通ってもいいんですか?」

「あぁ、構わない。フルートがしたいならサークルにでも入って好きなだけすればいい。家政婦を雇うから家事はしなくていい」

結婚を悲観ばかりしていたが、まさかの提案に一筋の光が見えた。

「本当ですか? あ、ありがとうございます」

もしかしたら彼は見かけより冷たい人ではないのかもしれない、と思ったのもつかの間、次の彼の一言で、私の心は凍りついた。

「思うように生活していい。だが俺は、お前を好きにはならない。結婚は形だけと思ってくればいい」

「形だけ……」

「そうだ。つまりお互いに何をやっても自由ということ。恋愛もだ。俺はお前を縛らない。だからお前も俺を縛るな。ただ、一応夫婦になるのだから、人前で浮つくのはやめてほしい」

その発言の衝撃に返す言葉が見つからない。そんな私を気にも留めず、彼は来た道を引き返し始めた。しばらく、呆然《ぼうぜん》とその後ろ姿を眺めていたが、我に返って小走りで彼の後を追った。

下駄の鼻緒が指の間に食い込んで痛い。けれど心のほうがずっと痛かった。


部屋の前まで戻ると、中から父の笑い声が聞こえた。普段笑顔を見せることの少ない父なのに、それほどまでに相手の機嫌を取りたいのだろうか。

もう結婚から逃れる術《すべ》はないことを悟り、涙があふれそうになる。

「お前の親には、この話を了承する旨を伝える。いいな?」

私は大声で「イヤです」と叫びたかったが、父の喜ぶ顔が頭に浮かんできて、小さくうなずくことしかできなかった。

彼が部屋の扉を開くと、みんなの視線がいっせいに向けられた。中でも父の表情は硬く、その目は真剣そのものだった。

「あら、早かったじゃない」

私の父とは対照的に、彼の母親はにこやかな表情で出迎えた。だが、内心どう思っているのかはわからない。

「お庭どうだったかしら？　ここへ向かう途中、少しだけ見たけど、寒桜《かんざくら》がキレイだったでしょ？」

花の観賞を楽しむほど、余裕はなかった。しかし、父の目がまた鋭く光るので、私はどうにか「はい」と答えた。

「お話は弾んだ？　共哉、あなた、ブスッとしていたわけじゃないわよね？」

「そんなはずはないですよ、奥様。葉月こそ、うつむいてばかりじゃなかっただろうな？」

父は私を心配するどころか、彼の顔を立てようとする。彼は終始冷たい目をしていたと、本当のことを話したら、父の顔に泥を塗ることになるだろう。

「葉月、どうなんだ？」

詰問《きつもん》口調の父にどう答えたらいいか迷っていると、彼が口を開いた。

「寿さん」

「なんだい、共哉君？」

「私は彼女と結婚したいと思います」

事前に確認されていたとはいえ、それは突然だった。

私は目を見開いて彼を見つめる。相変わらず冷たく無表情で、とても結婚を望んでいるようには見えなかった。

「ほ、本当かね？」

驚きのせいだろう。思わず立ち上がった父に笑顔はなかった。

「はい」

父はやや戸惑ったような表情で、「そうか……」と二度呟《つぶや》いた。結婚を期待していたものの、こんなにスムーズに話が進むとは思っていなかったのだろう。

「よろしいですか？」

「もちろんだ。ありがたい」

やっと父の胸に安堵の思いが押し寄せたのだろう。すぐに嬉しそうに笑みを浮かべて頭を下げた。その様子に、私は彼との結婚が現実になることを思い知らされて絶望した。

「共哉ったらすぐに決めてしまうなんて、よほど葉月さんに惹《ひ》かれたのね。今までそんな気になることなんて、一度もなかったのに」

惹かれているわけがない。好きにならないと断言されたのだ。しかし、彼は「まぁ」と、肯定するように言った。

「大学はいつからですか？　それまでに住居を用意します」

「まぁ、共哉、気が早いわね。二人の新居探しなら私もお手伝いするわ」

彼の父親も、「私も手伝おう」と顔を綻《ほころ》ばせて言った。

私はあまりにも急激な話の展開についていけない。もう同居の段取りを組んでいく二人を、まるで他人事のように傍観していた。

「入学式は四月の六日です。お任せしてしまっても構いませんか？」

私の父がそう言うと、彼は「もちろんです。それまでに探しておきます」と、話がどんどん進められていく。待ってほしいという私の思いは、微塵も入り込む隙がない。

正直それからのことはあまり覚えていない。ただ、はっきりと認識しているのは、私が正式に彼の婚約者になったということだ。


「葉月よくやったな」

帰りの車の中、父は行きとはまるで違って上機嫌だった。私は、腑に落ちない気持ちを抱えながら、無言で車窓に目を移した。

「いやぁ、こんなに早く決めてくださるとはありがたいことだ。感謝しなければならないぞ」

父はそう口元を緩めるが、私は少しも感謝する気なんて起きない。断ってくれたらどんなによかっただろう。家に着くまでの間、父は「よかった、よかった」と、満足そうに何度となく呟いた。

昔から私の人生は父に操作されているようなものだ。もしかすると、嫁いでしまったほうが、自由が利くようになるのかもしれない。彼は大学に通うことにも、サークルに入ることにも寛大だった。

しかし、寂しさは拭えない。彼の「お前を好きにはならない」という言葉が胸に突き刺さったままだ。私はこれからずっと孤独な生活を送るのだろうか。彼と二人きりの生活を想像するだけで、寒気がしてしまう。

恋をしてみたいという純粋な想いは、粉々に砕け散ってしまった。

「葉月、よかったわね。大学、行かせてもらえることになって」

「はい」

居間から父が姿を消すと、母が私に微笑んだ。たしかに大学に行かせてもらえるのはありがたいことだ。それを私が望んでいたことを母は知っている。

「お母様」

「どうしたの？」

「あのね……」

彼から今日言われたことが、喉まで出かかる。

「なぁに？」

母が首を傾げて優しい瞳で私を見つめた。きっと母に真実を話したら、一緒に嘆き悲しんでくれて、父と揉《も》めるに違いない。

でも、結果は同じだ。この家で父に逆らえる者などいない。母に心配をかけるだけで終わってしまうのが目に見えた。だから想いをのみ込んだ。

「なんでもないわ」

母が安心できるよう、口の端を上げてみせた。胸に留めた想いが苦しかった。

私は姉のようにはなれない。もし姉のように飛び出したとしても、行く当てもなく無鉄砲な計画に終わるだろう。〝幸せになって〟と出て行った姉の言葉が私の胸をさらに締めつけた。


お見合いの翌日、共哉さんの代わりに、彼の秘書である米倉《よねくら》という男性が婚姻届を届けに来た。米倉さんは彼とは違って柔和な笑顔を貼り付けていたが、彼の味方でしかないと思うと、裏の顔がありそうで逆に警戒心を煽《あお》った。

初めて目にする婚姻届。彼の記入する欄は丁寧な字ですべて埋められていた。しばらくそれを見つめていると、「奥様の欄を埋めていただきたいのですが」と、米倉さんからペンを渡された。

これに記入してしまえば、書面上私は彼の妻となる。悲痛な想いがとめどなく押し寄せる。

手が震えて、左手で利き手を押さえつつ記入する。最後の文字を書き終え、彼と名前が並んでいるのを確認していると、ぐしゃぐしゃに丸めて捨ててしまいたくなる衝動に駆られる。

しかし、それも一瞬のことで、すぐに米倉さんに用紙を奪われてしまった。

「ありがとうございます。これは私が責任を持って、今から提出してまいります」

「えっ……」

提出することさえ他人がするというのか。彼は持参していたファイルに、折りたたむことなく、それを挟んだ。

「結納は来週土曜の十一時、この間のホテルの一室を予約しました」

「結納……」

「はい。本来なら結納の後に入籍すべきですが……」

言葉尻を濁《にご》すのには、何か理由があるのだろう。不信感が募るが、追及したところで結婚を覆すことはできない。私はただ黙って目を伏せた。

「すべてはこちらで整えさせていただきますから、ご心配なさらないでください」

彼は最後に「改めておめでとうございます」と、義務的に頭を下げて帰っていった。

段取りはすべて他人任せということなのだろうか。私たちの結婚なのに、事務作業のように進められていく。結婚とはこういうものではないはずだ。当人たちが何もしないというのは普通ではない。

この日、私は流されるがままに〝蓮池葉月〟になった。

入籍はしたけれど、私が学生のため、結婚式は見合わせることになった。きっとこれから先も式を挙げることはないだろう。愛がないのに神様の前で永遠を誓うことなどできない。

そして、大学の授業が始まる前日、私は彼と同居することになった。

「葉月、しっかりね。困ったことがあったらいつでも頼っていいのよ」

母の優しい言葉に泣きそうになったけれど、我慢した。本当は家を出たくないと、しがみつきたかったが「……はい、お母様」と、その気持ちを胸にしまって、私は微笑む。

そして、さり気なく母に背中を向けると涙がこぼれそうになり、少し上を向いた。

「参りましょうか、葉月様」

「お願いします」

迎えに来たのは運転手だけだった。車が走り出すと、母の姿が見えなくなったのを確認して、私は声を押し殺して泣いた。今から牢獄へ送られる——。そんな気分だった。

新居には、気持ちの準備も出来ないまま、三十分もかからずに着いてしまった。いまだ手の中のハンカチはしっとりと濡れている。

「葉月様、お荷物はお持ちしますから先にどうぞ」

「ありがとうございます……」

運転手にドアを開けてもらい、車を降りる。目の前には真新しい高層マンションがそびえ立っていた。新居は彼の父が購入してくれたものだ。きっと素敵な部屋に違いない。でも、心が全く弾まない。これから何十年も彼と共に生活する場だと思うと、気が滅入るばかりだ。

エントランスで、事前に渡されていた鍵でオートロックを解除し、建物の中へ入る。ホテルのロビーのような高級感のあるフロアに息をのんだ。

買い物するにも便利な場所で、地下鉄の駅まで歩いて五分とかからない。土地の値段に詳しいわけではないが、この立地かつ最上階の部屋ともなれば、かなり高価格であることは明らかだった。

エレベーターを降り、ワンフロアに一世帯しかない部屋のドアを開けて中に入る。すでに家具やカーテン、雑貨がキレイに配置されていて、まるでモデルルームのようだ。奥へと進んで行くと、背後から声がした。

「お前の部屋はここだ」

振り返ると、共哉さんだった。彼の姿を目にするのは結納以来のこと。この日も仕事で不在だと思っていた私に緊張が走る。

結納のときの彼は、相変わらず無愛想なままだった。嬉しそうにしていたのは父と彼の両親だけで、当の本人たちとはひどく温度差があった。事実、私は彼と一言も会話をしなかった。すべてが事務的に進んで、私たちは結納の儀を交わした。

そして今も、何も変わっていない。彼から発せられる冷ややかな空気に、私は凍えてしまいそうだった。

「家具は適当に揃えてある。足りないものがあればこれを使え」

「えっ？」

「現金が必要なときはここから引き出せ。好きなだけ使えばいい」

彼は私の前まで来ると、ブラックのクレジットカードと通帳、それからキャッシュカードを差し出した。戸惑う私に、彼は苛立ったような声を上げる。

「早く受け取れ」

「あっ、はい」

急かされて、慌てて手を伸ばす。少しだけ触れた手の冷たさに身が縮む。

「暗証番号は付箋のとおりだ」

私は渡された通帳を目にした。表紙に貼り付けられたピンクの付箋に見慣れない数字が書かれていた。

「それと明日から家政婦がくる。俺は食事をめったにここで取らない。俺のことは気にせず、お前のペースで生活しろ」

「わかりました」

恋もしたことのない私が結婚して、これから私たちは仮面夫婦になるのだ。それも相手はとても冷淡で、浮気を勧めてくるような人。だけど、小心者の私にそんな不真面目なことができるはずがないし、道理に反した行動を取りたいとは思わない。

「それと、俺の部屋には入るなよ」

冷たい口調でそう言うと、彼は自分の部屋に入ってドアを閉めた。

広すぎるリビングに一人残され、虚しさが込み上げる。高級マンションに住めるうえ、何でも好きなものを買える生活をうらやましく思う人もいるだろう。でも、二度しか会ったことのない人とこれから一緒に住むのだ。幸せに思える要素は何一つなかった。

時刻を確認すると、夕方の六時。彼は家で食事を取らないと言っていたから、きっと今から出かけるのだろう。私は彼と顔を合わせたくなくて、自分にあてがわれた部屋に逃げ込んだ。

中に入ると、淡いピンクとオフホワイトの壁紙が優しい雰囲気を醸し出していて、家具もそれに合わせて揃えられているようだった。白い木製のベッドは一人にしては大ききめだけど、メルヘンチックで可愛らしいものだった。

そこに私はゆっくりと腰を下ろした。途端に張り詰めていた緊張が解けて、そのまま倒れ込んだ。

明日からどんな毎日が待っているだろう。甘い新婚生活とは程遠そうだ。今頃姉は、私とは違う幸せな生活を送っているだろうか。きっと姉なら、こんな結婚を受け入れることはなかっただろう。

〝葉月、あきらめないのよ。幸せになって〟――。彼女の言葉をまた思い出し、私は静かに泣いた。


昨日はそのまま食事も取らずに眠ってしまった。翌朝、目を覚ましてリビングに向かうと、初老の女性がそこにいた。

「おはようございます」

彼女は穏やかに微笑んで、頭を下げた。

「お、おはようございます」

戸惑いながらも、私もお辞儀を返す。

「今日からお世話になります、宮前塔子《みやまえとうこ》です。この家のお世話をさせていただきますね」

「あ、葉月です。よろしくお願いします」

私は共哉さんが家政婦を雇うと言っていたのを思い出した。

「今日から学校に行かれると聞いています」

「はい」

「では、朝食の準備をいたしますね」

「あの、蓮池さんは……」

「共哉坊ちゃんならもう出かけられましたよ」

彼を共哉坊ちゃんと呼ぶということは、蓮池家から送り込まれた人に違いない。途端に彼女に警戒心を覚える。きっと、私の言動は簡単に彼に伝わってしまうだろう。なるべく不用意な発言は控えたほうがいいのかもしれない。

「そうですか」

「ええ。毎朝早くに出かけられます。お忙しい方ですから」

結婚をしたというのに、私は彼が何をしている人なのか詳しく知らなかった。本当に忙しくて、こんなに朝早くから出かけたのだろうか。それとも、私を避けて不在にしているのではないだろうか……。

宮前さんに見送られてエレベーターを降りると、運転手がロビーで待っていた。すべて行動を監視されているように思えてならない。それでも乗車を拒否するわけにもいかなかった。

大学の正門前で車を降りると、柔らかな春の日差しの下を教室へと向かう。私がこの大学を選んだ理由は、吹奏楽サークルの活躍が目ざましかったからだ。そこでフルートを吹くのを楽しみにして第一希望に決めた。

今日は、授業の初日ということもあって、さすがに身が引き締まる思いだ。私は教室に入ると、できるだけ教壇から目立たないように、教室の後方の窓際の席に座った。

すると、すぐに一人の学生が声をかけてきた。

「ここ、いい？」

「あ、はい」

私の隣に座ったのは、髪を茶色に染めたキレイな顔をした女の子だった。

「あなたも一年でしょ？」

「ええ」

申し訳ないと思いながらも、内向的な私は上手に笑顔を返せない。それでも、彼女は気さくに話しかけてくる。

「一緒だ。私、伊藤友梨香《いとうゆりか》っていうの。よろしくね」

私は彼女からの自己紹介に慌てた。

「えっと、こと……いえ、は、蓮池葉月です」

これからは蓮池の姓を名乗らなければならないというのに、旧姓で答えそうになった。初めて口にした名は違和感で満ちていた。

「……蓮池葉月」

彼女が私の名を復唱するので不安になる。どこかおかしかったのだろうか。

「な、なにか？」

「H・H！」

私は、その意味が理解できず、思わず「はっ?:」と声を上げてしまった。

「今日の占い。私、Hの人と縁があるって出てたの。葉月のことだったんだ。葉月は占いは好き?:」

いきなり葉月と呼ばれて驚くが、全く嫌ではなかった。きっと、彼女の親しみやすい雰囲気がそう思わせるのだろう。

「わりと、好きです」

テレビの星座占いは見てしまうから嫌いではないと思う。

「おっ、いいね。今日これ持ってきてるんだよね」

と言って、彼女は〝占い〟と表紙に書かれている一冊の本を見せてくれた。

「講義終わったら葉月の運勢占ってあげる」

「伊藤さんがですか?:」

「私の事は友梨香って呼んで」

彼女は私と正反対の性格のようだ。私なら初対面の相手にこんなことは言えない。しかし、私のような人見知りにはありがたい。

「は、はい」

友梨香と、気安く呼べるのだろうかと戸惑ったもののうなずいた。

「改めてよろしく」

「よ、よろしくお願いします」

「葉月、敬語も禁止ね」

こうして彼女が大学で初めての友人となった。彼女のおかげで、初めての講義も昼食も、心細い思いをせずに済んだ。私とまるでタイプの違う人間なのに、不思議と心が落ち着いた。

授業が終わると、彼女の誘いで自宅にお邪魔することになった。運転手には迎えは必要ないとメールを入れた。

彼女は、大学近くのアパートで一人暮らしをしていた。１ＤＫの部屋に入ると、お香のいい香りが漂った。

「座って」

「ありがとう」

ベッドにもなるという真っ赤なソファに座って、私は部屋を見回した。赤が好きなのか、雑貨はほぼ赤系の色で統一されていた。

同じ年で一人暮らしができることがうらやましい。自分だけの自由な暮らしとはどんなものだろう。私もできることなら一度はしてみたかった。しかし、その望みが叶うことはおそらく一生ないだろう。

「いいなぁ。私も一人暮らししてみたいな」

「葉月は実家住まいなんだ。そんな感じする」

「え？」

「葉月が一人暮らしってなんか似合わないもん」

「そうかな……」

「うん、お嬢様っぽい」

自覚はなくても、周囲からそのように見られることは、少しショックだった。もし姉がここにいたら、友梨香の目にはどう映るのだろう。きっと、お嬢様とは言わないに違いない。

「葉月？」

「あっ、うん」

「私は見た目で軽く見られるから葉月がうらやましいよ。それより占いの続きしよう」

「うん」

私の気持ちを察したのだろうか。彼女はさり気なくフォローを入れると、それ以上突っ込むことはなかった。

その代わりに、占いには散々付き合わされた。しかも、彼女の誘導が上手いのか、私が正直すぎるのか、終わった頃には、私が結婚していることも、昨日から同居を始めたことも、すべて白状させられていた。

「今どき、政略結婚なんてあるんだぁ。しかも八つ上か」

「うん……」

「旦那さんって、おじさんっぽい？」

彼女に質問され、彼の容姿を思い浮かべてみるものの、そういう印象はなかった。

「どうだろう……」

そこまで老けてはいないと思う。一般的な八つ上の男性よりは若い気がする。

「私は二つ上までしか経験ないなぁ」

「経験？」

「そう、年上は二つ違いの人しか付き合ったことがないってこと。後はみんな同級生」

「そ、そうなんだ」

自分と同じ歳なのに、何人もの男性と付き合ったことがあるとは、純粋にすごいと思う。

「ふーん、……葉月はその人のこと、好きになれそうにないの？」

「うん……。今のところはね……」

たぶん、これからもそうだと思う。あんな血の通ってないような人を好きになれるはずがない。

「すごいブサイクとか？」

「そういうわけじゃ……」

「やっぱりそうなの？　かわいそうに……。こんなに葉月は可愛いのに」

むしろ容姿はいいと思うが、私が口ごもるから、彼女はそれを肯定の意味に受け取ってしまったようだ。

同情交じりの視線を向けられ、否定するタイミングを逃してしまった。だが、顔を合わせることもないだろうから、このままで構わないかもしれない。どんな人を想像しているのか気にはなったが、そこはあえて聞かなかった。

「葉月って男性経験はあるの？」

「え？」

「だから、エッチはしたことあるの？」

直接的な物言いに顔が熱くなる。私は動揺して「ないよ」と正直に答えてしまった。

こういう類《たぐ》いの話は今まで、誰ともすることがなかった。

「わぁ、やっぱりかぁ。箱入り娘だったんだね。それがいきなり結婚か……。葉月の両親ってどんな人？」

　私は少し迷ったものの、寿百貨店の娘だと話した。知らないわけがない寿の名に、彼女は驚いた。

　ちょうどそのとき、私の携帯が震えた。画面には知らない番号が表示されていた。共哉さんからかもしれないので出ないわけにはいかない。

「ごめんね、出るね」

　友梨香がどうぞとジェスチャーをして見せた。

「もしもし……」

「葉月様、今どちらですか？」

　電話の主は運転手だった。

「お、お友達の家です」

「旦那様がお帰りになられています。お迎えにうかがってよろしいですか？」

　彼が帰宅していると聞いて、途端に気持ちが重くなる。

「はい……。大学の近くなので、正門まですぐ行きます」

　私はそう伝えると、通話を切った。

「結婚相手？」

「う、うん、そんなところ。ごめん。私、帰らないと……」

「そっか、また来てね」

「うん」

私は後ろ髪を引かれる思いで、友梨香の家を後にした。

正門に着くと、すでに車が待機していた。さっきの電話はこちらに向かう途中でかけてきたものなのだろう。私は急いで車に乗り込んだ。

夕方だというのに、こんな日に限って道は空いていて、車はスムーズに進んで行く。

彼の冷たい視線を思い出すと、帰りたくなかったが、あっという間に自宅に到着した。

「た、ただいま戻りました」

玄関から恐る恐る声をかける。けれども、中から返事はない。彼は自分の部屋にいるのだろうか。私は静まり返った廊下を進み、リビングのドアを開けた。

「は、蓮池さん……」

ソファに腰を下ろしている彼に驚き、思わず声を上げた。彼はそれが不快だったのか、眉間にシワを寄せた。

「今、戻りました……」

彼は私を一瞥すると、何も言わずに自分の部屋に姿を消した。

慌てて帰る必要があったのだろうか。私はあまりの素っ気ない態度に唇を噛む。お帰りくらい言ってくれてもいいはずだ。

腹立たしくて自分の部屋に駆け込んだ。そして、ドアを背にしてそのまま座り込む。彼の振る舞いに、涙がこぼれそうだった。

そのままじっとして気持ちを落ち着けていると、玄関のドアが閉まる音が聞こえた。こわごわ部屋を出て様子をうかがいにいくと、戻ってきたときにあった彼の靴が消えている。この時間から出かけたということは、きっと昨日と同じように家で食事は取らないのだろう。

暗い気持ちでリビングに戻ると、ダイニングテーブルに宮前さんの作った夕食が二人分並べてあるのに気がついた。それがやけに物悲しくて、私は彼の座っていたソファに座り込んだ。まだ彼の温もりが残っていて、余計に寂しさが募った。

急いで帰った自分が滑稽《こっけい》で情けなかった。彼は何のために帰ってきたのだろう。堪えていた涙が頬を伝った。

翌日からは、彼と顔を合わせることのない日がしばらく続いた。私より早く家を出て、遅く帰る彼とは生活のリズムが違う。

宮前さんは毎日のように「坊ちゃん、お忙しいですね」と私に微笑みかけるが、すれ違いの理由は仕事だけではない気がしていた。たぶん、私と会いたくないのだろう。顔を合わせるくらいの時間調整はできるはずだ。だから宮前さんが私を気遣って嘘を言っている気がして、私はそれを聞くのが苦痛だった。

家には宮前さんがいて、送り迎えは運転手がする。息が詰まりそうな中、私が安らげるのは大学にいるときだけだった。

「今日の運勢、乙女座が一位だったね。葉月、ちゃんとピンク持ってきた？」

「うん」

友梨香はマメに私のラッキーカラーを調べて、毎朝メールをくれる。そのメールを頼りに、私はハンカチや洋服の色を変えては登校している。寂しい生活の中、彼女からのメールが届くのは嬉しいことだった。

「えらいえらい。私は最下位だから、今日は一日、葉月にべったりくっついてることにする」

「ええ、そこまでしなくても……」

「運気のいい人の近くにいると、運をもらえるの」

そう言って彼女が大げさに私の腕にしがみつく。

「でも、その分、私の運減らない？」

「大丈夫。二人合わせたら、ちょうどいい感じになるんだよ」

「ええ、ホント？」

「たぶん、ホント」

満面の笑みを浮かべた適当な返事に、私もつられて笑う。

「葉月見て！　あのカップル、素敵」

「えっ？」

友梨香が教室の入り口で談笑している一組のカップルを小さく指さしていた。

「あの人、去年のミスターだって。カッコいいよね」

たしかに男性はそれなりに目を引く容姿をしている。しかし、私は彼よりも、その横で幸せそうな笑顔を見せる女性のほうに目がいく。

「私の好みだなぁ」

友梨香はうらやましそうに呟いて、彼を眺める。私も彼女とは違う眼差しで彼らを見つめた。幸せそうなカップルを見かけると、いつも切なさでいっぱいになる。私も経験してみたかったことだからだ。家と比べれば数段リラックスできる大学にいてさえ、そんないたたまれない想いに苦しめられることも多かった。

授業を終えて正門を出ると、いつものように迎えの車が待機していた。彼からは〝好きにしろ〟と言われているものの、こうして毎日車が待っていてくれるのに、運転手に断りを入れるのは気が引けて、ずっと真っすぐ帰宅している。

夜、一人で夕食を済ませた頃、母から電話があった。結婚してから何度か電話をくれている。

「葉月、元気にしてる？」

嬉しい反面、申し訳ない気持ちになる。なぜなら、いつも嘘を言わなければならないからだ。

「はい……」

「そう。蓮池さんとは仲良くやってる？」

「ええ、もちろん」

嘘だとバレないようにできるだけ明るい声で答える。

「そう、よかったわ」

こうして毎回、ここで母はホッとしたように息を吐くから、ますます本当のことが言えなくなる。

「お母様は元気？」

「ええ、元気にしているわ。ねぇ、庭のツツジがキレイに咲いてるの。今度帰ってらっしゃい」

「うん。見たいな。でも、少し大学が忙しくて……」

私はまた嘘を重ねる。今、母に会えば、絶対に泣いてしまう。

「そう……。残念だけど仕方ないわね」

私は寂しそうにする母に「ごめんなさい」と伝えた。心の中では、何度もその言葉を繰り返していた。

「学校はどう？　友梨香ちゃんだっけ、仲良くしてる？」

「うん。ほとんど毎日一緒に行動してるし、メールもくれるの」

「そう。いい友達ができてよかったわね。いつか家に連れてきなさい。私も会いたいわ」

「ええ、いつか……」

もし彼と結婚なんてしていなければそういうこともできただろう。

こうして私はいつまで嘘を重ねていくのだろうか。大学を卒業しても、三十になっても、四十を過ぎても、私は永遠に母に幸せなフリを演じ続けるのだろうか。私の未来には、漆黒の闇以外、見えなかった。

そして、母との電話を終えると、お風呂に入り、一人空しく広い部屋で夜を過ごす。

夜中、妙に喉が渇いて、ふと目を覚ました。ベッドを抜け出してリビングの電気を点けると、ソファに身を預けて眠っている彼の姿があった。

私は思わず「きゃっ」と声を上げたが、彼は眠りが深いのか、部屋が明るくなったのにもかかわらず、起きる気配はなかった。

その様子に安堵して寝顔を見ると、まるで彫刻のような端正な顔立ちをしている。瞳を閉じているため、私をいつも脅かす冷たさは感じられなかった。おそらくお酒でも入っているのだろう。スーツのジャケットは床に投げ出され、ネクタイを緩めたまま、ワイシャツ姿で寝ていた。

まだ夜は肌寒いのに、このままでは風邪をひいてしまいそうだ。起こすべきか迷うが、声をかけるのはかなり勇気がいる。

「蓮池さん……」

意を決して名前を呼んだのに起きてくれない。もう一度、今より大きな声で呼んでみるものの、身動き一つしない。

思ったとおり、微かにアルコールの匂いがする。父もお酒を飲むと、玄関や居間で寝てしまうことがあったけれど、声をかけたくらいではなかなか起きてくれなかった。

仕方なく私は彼の肩に触れて、揺すりながら名前を呼ぶ。それでも反応がないので強く揺すると、やっと身じろいだ。

彼のまぶたがゆっくりと開かれる。まだ寝ぼけているようで、目の焦点が合っていないようだ。

「蓮池さん、か、風邪ひきます」

彼はようやく頭が働き始めたのか、辺りを少し見渡すと、「俺……」と呟いた。

「大丈夫ですか?」

　私は身体を前屈みにして、彼の顔をのぞき込む。

「お前、何してんだ？」

　彼の口調はいつもの無愛想なものに戻っていた。そして、思い出したように私に冷ややかな視線を向ける。

「え、えっと……」

　私はたじろいで口ごもってしまう。そんな私を彼は一瞥すると、何事もなかったかのように立ち上がった。お酒のせいか、少し身体がふらついている。

「大丈夫ですか？　お、お水持ってきましょうか？」

　彼を支えようと私が手を伸ばすと、彼は邪魔だというように振り払った。

「俺に構わなくていい」

「えっ？」

　彼の態度に頭が真っ白になる。私はただ純粋に心配しただけだ。それなのに彼は、私のほうを見ることすらなく浴室へと消えた。

「ひどい……」

　私は喉の渇きも忘れて、自分の部屋に駆け込んだ。私の心配は彼にとって迷惑でしかないのだ。妻どころか、人としてさえ認められていないような虚しさを感じて涙がとめどなくあふれた。

翌朝、彼と顔を合わせることが憚《はばか》られ、物怖じしながらリビングに顔を出した。彼の姿はなく、テーブルには空の器があった。

「おはようございます、たった今、坊ちゃんは出かけられましたよ」

「そうですか……」私は内心、胸を撫で下ろす。

「昨日お酒をかなり飲んでいたようですが、ご迷惑はおかけしませんでしたか？　坊ちゃん、飲みすぎると、どこでも横になってしまうので」

「いいえ、大丈夫です」

「そうですか……」

彼女が少し心配そうに呟く。これ以上、この話題に触れたくなくて私は目を伏せた。すぐに大学に行きたい。一刻も早くこの家を離れたかった。

それから再び彼と顔を合わせない日々が続いた。あの日のショックは癒えることなく、家で過ごす時間は気が滅入るばかりだった。

そんなある日、帰宅すると、彼の靴が珍しく玄関にあった。先日の出来事が脳裏を過《よ》ぎる。目を閉じて、気持ちを落ち着かせるように、一度深呼吸してからリビングのドアを開いた。

しかし、そこに彼の姿はなかった。きっと、自分の部屋にこもっているのだろう。そして、夕食前には家を出て行くに違いない。そんなすれ違いの生活にももう慣れてしまった。

　手を洗いに洗面所に向かい、水道のレバーを上げたときだった。真後ろの浴室のドアが開いて、中から彼が出てきた。振り返った私はその一糸まとわぬ姿に驚愕《きょうがく》して悲鳴を上げた。

「どうした？」

「ど、ど、どうしたじゃないです。服を、服を着てください」

　手で視界を遮ってしゃがみ込む。

「あ、あぁ」

　服を着る布の擦《す》れる音が聞こえる。その間も私は手で顔を覆ったまま固まっていた。

「もういいぞ。大丈夫か？」

　恐る恐る手を顔から外すと、彼がバスローブ姿で立っていた。その姿も私にとってはじゅうぶんと言っていいほど刺激的だが、さっきに比べればずっとマシだった。

「すみません。大丈夫です」

　ふと気づくと、蛇口から水を流しっぱなしにしている。立ち上がってレバーを下げたいのに、脚に力が入らない。

「立てないんだろ？　ほら」

彼は私の代わりに水を止めると、大きな手を差し出した。驚いて見上げると、心なしか、いつもより少しだけ彼の表情が和らいで見えた。

差し出された手に、遠慮がちに手を伸ばす。彼は私の手を掴むと、力強く引き上げた。勢い余ってお互いの身体がぶつかる。触れ合った部分が一瞬で熱を帯びる。

「悪い。大丈夫か?」

「は、はい……」

予想外の優しい言葉に戸惑いを隠せない。次の瞬間、「つかまってろ」という声と同時に身体が宙に浮いた。彼の肩に担がれて、あっという間にソファの前まで運ばれた。まるで荷物のような、色気のない運ばれ方だったが、ソファに座らせてくれるときは気遣いを感じた。激しく投げ置くのではなく、丁寧なものだったからだ。

「あ、ありがとうございました」

私は小さく頭を下げた。胸は早鐘のように打ち、ひどく身体が火照る。けれども、彼からは動揺一つ伝わってこない。無表情で「あぁ」と一言返すと、あっさり自分の部屋に入っていった。

私はソファに座ったまま、しばらく彼の消えた部屋のドアを見つめていた。今までの彼を思えば、放っておかれてもおかしくない状況だった。けれども、今日は違った。優しい一面もあることがわかった。しばらくの間、彼の温もりが身体から消えなかった。

翌朝、目を覚ますと、彼は出かけた後だった。私は昨夜、ベッドに入りながら、あることを心に決めていた。

「宮前さん、あの……今夜から夕食は私が作ってもいいですか？」

「え、奥様が？」

彼女は洗濯物を仕分ける手を止め、驚いたように目を見開く。

「ダメですか？　蓮池さんに作りたいんです」

昨日、優しくされたのは、気まぐれだったのかもしれない。でも、彼にそういう面があることを知って、距離を縮める努力をしてみようと思ったのだ。私ができることといえば、料理くらいしかない。

「ダメですか？」

「わかりました。お願いします」

彼女は普段どおりの穏やかな笑顔で快諾してくれた。ただ、彼女の言葉に甘えて、食材だけは揃えてもらうことにした。毎朝、買い物リストを渡してから、大学に向かうことになった。

早速、その晩から自分で夕食を作った。いつもより遅くまで彼の帰りを待っていたが、起きている時間に帰っては来なかった。料理の横に「お疲れさまです。葉月」と手紙を添えてから眠りについた。

翌日も、その翌日も同じだった。ラップをかけた夕食は、私が起きたときには片づけられているから、食べてくれたかどうかはわからない。宮前さんに聞けば済むことだが、真実を知るのが怖かった。もし捨てられているのなら、簡単には立ち直れないだろう。

そんな日々がしばらく続いた。

「御曹司とはどう？　昨日も会えなかった？」

「うん……」

御曹司とは、友梨香が共哉さんに付けたあだ名だ。彼女にだけは、彼との出来事をいろいろ話していた。正確に言えば、尋ねられるので答えていたというほうが適切かもしれない。

「そんなに仕事忙しいって本当なの？　なんか腹立つなぁ」

「た、たぶん」

彼女はいつも私のことを思って怒ってくれる。ありがたいような、そうでないような複雑な気分だ。

「もう葉月、浮気しちゃえばいいのに。男友達紹介しようか？　絶対、御曹司よりいいヤツだよ」

「や、やめて」

さすがにそれはできない。浮気をしたからといって、私が求めているものが満たされるわけではない。

「葉月、いい子なのにかわいそう」

彼女に同情されるのはこれで何度目だろう。

「大丈夫だから」

私は微笑んでみせることしかできなかった。


その日の帰り道だった。

車から外の景色をぼんやり眺めていると、共哉さんが歩いているのを見かけた。ちょうど信号待ちで車が停車したので、窓から振り返って声をかけようとしたとき、スーツ姿の女性が彼の後ろから駆け寄ってきて、背中を親しげに叩いていた。彼はその女性に対して、私には一度も見せたことのない笑顔を向けた。

信号が変わり、車が動き始めたため、その光景は窓の後ろに流れていったが、まぶたに強く焼きついて消えない。

私以外の女性に、あんな顔を見せることがショックだった。私は彼に嫌われているのだと改めて思い知らされ、打ちのめされる。

どうして彼は私にだけ冷淡なのだろう。どうして私と結婚したのだろう、どうして笑ってくれないのだろう……。

私の心の中はたくさんの疑問で埋め尽くされていく。

今日の昼間、友梨香が口にした〝そんなに仕事忙しいって本当なの？〟という言葉が思い起こされる。もしかしたら仕事とは表向きで、あの人と会っているのではないだろうか、もしくは彼女でなくても、ほかに想いを寄せる人がいるのではないのか。そんな疑いで心が支配されてしまう。

お見合いをしたとき、彼は私に「俺は、お前を好きにはならない」と言い放った。まだ出会ったばかりなのに、私を好きになることはないと断言されるほど、彼の機嫌を損ねるようなことをした覚えはない。だとすれば、そのときから私以外の誰かと付き合っていたと考えるほうが妥当だ。

さっき目にした光景が頭から離れず、帰宅すると一目散に自分の部屋に入り、ベッドに倒れ込むように身体を横たえた。変化の見えない彼との生活に虚しさが込み上げてくる。どんなに近づこうとしても、無理なことなのかもしれない。

瞳から自然とこぼれた涙がシーツを濡らした。


翌朝の私の顔はひどいものだった。一限の授業を前に私を見つけた友梨香が思わず声を上げる。

「うわっ！　葉月、その顔どうしたの？」

「う、うん、ちょっとね……」

泣きすぎたせいで、私の目はひどく腫れていた。頭も重い。

「大丈夫？　ちゃんと冷やした？」

私が首を横に振ると、「ちょっと来て」と彼女に腕をとられた。

「どこ行くの？」

彼女は私の手を引いて廊下を進み、女子トイレに連れて行った。

「これで少しはごまかせるから」

彼女はカバンから化粧道具を取り出し、私の目元に肌色をのせ始めた。

「泣いたの？」

化粧を施しながら心配そうに尋ねる彼女に、私は「うん……」と小さく答えた。

「御曹司が原因？　イヤなこと言われたの？」

「そうじゃないんだけど……」

彼に干渉するなと言われているにもかかわらず、少し優しくされただけで、あの日から私は彼を気にかけてばかりいる。今の状態は、彼に縛られているのと同じだ。昨晩も結局、彼に夕食を作ってメモまで添えた。真面目すぎる自分の性格に嫌気がさす。

「よし、できた。ほら、見て」

鏡を見ると、彼女のおかげで腫れがずいぶん目立たなくなっていた。

「すごい、ありがとう。目元以外もお化粧してくれたんだ」

「葉月は元がいいから映えるね。可愛い」

「あ、ありがとう……」

あまり褒《ほ》められる機会がないから、なんだか面映《おもは》ゆい。

「どういたしまして」

私がもう一度彼女に「ありがとう」と小さく頭を下げると、彼女は一瞬何かを考える素振《そぶ》りを見せた後、いたずらっぽい目をして言った。

「ねぇ、一限、サボっちゃおうよ」

「え?」

「たまにはいいじゃん。気分転換も必要だよ」

たしかにこのまま授業を受けたとしても、何も頭に残らないだろう。とはいえ、抵抗がないわけではない。

「毎日真面目にやってるから大丈夫。ほら、行こう」

「え、でも……」

「カフェはまだ開いてないから中庭に行こう」

そう言うと、彼女は私の腕を掴んで強引に連れ出した。中庭に着くと、二人で空いていたベンチに腰掛けた。

「暖かいね。気持ちいい」

両手を上げて伸びをする彼女に、私は「うん」と答えた。春の爽やかな風が頬を撫でる。

「たまにはいいでしょ」

「うん、そうかも」

ほんの少し気持ちがすっきりした気がする。瞳を閉じて息を大きく吸うと、微かに白《はく》木蓮《もくれん》のいい香りがした。

「嫌なことをずっと考えててもいいことないよ。葉月の人生は御曹司のものじゃないんだから」

「そうだね……」

思えば、今の私の一日の思考は彼で始まり、彼で終わる。私はもう少し力を抜くべきだ。彼との距離が縮まるのを期待するのはやめよう。夕食も、あくまで自分のために作るものと思えば、ずっと気が楽になるはずだ。

その日、残りの授業は出席して、夕方大学を後にした。その頃には、腫れもすっかり引いていて、帰宅すると宮前さんが「元に戻りましたね」と声をかけてくれた。

宮前さんが帰って一人になると、夕食の準備を始めた。今夜のメニューはロールキャベツ。日中に心に決めたように、彼のためではなく、自分の楽しみとしてキッチンに立つ。

最初にキャベツを茹で、タマネギをみじん切りにしてフライパンで炒める。合いびき肉に下味をつけるなど下ごしらえを全て済ませると、キャベツを広げて具材を丁寧に巻いていった。

「きゃっ！」

キャベツを巻き終えて顔を上げると、彼が対面式のキッチンの向かい側からこちらを見ていた。あまりの驚きにその場で飛び跳ねた。いつからそこにいたのだろう。作業に没頭していたせいで、全く気づかなかった。

「は、蓮池さん……」

「ただいま」

うろたえる私をよそに、彼はあまりに自然にそう言った。

「ごめんなさい。気づかなくて……」

「塔子さんから聞いてはいたが、本当にお前が作ってたんだな。嘘かと思ってた」

彼が向けた視線の先には、たくさんのロールキャベツが並んでいる。

「嘘じゃないです」

「そうみたいだな」

毎日手紙まで添えていたのに、信じてもらえていなかったとはショックだ。でも、今はそのことよりも、こうして彼と普通に会話をしている驚きのほうが勝っていた。

「ロールキャベツか？」

「はい」

「俺の分もあるのか？」

「えっ？」

澄んだ彼の瞳に気を奪われ、一瞬、何を聞かれたのかわからなくなる。

「俺の分だよ。これ全部、一人で食べるつもりなのか？」

ロールキャベツを指さし、彼が冗談交じりに言う。

「い、いいえ。よかったら食べてもらえますか」

「風呂に入ってくる。その後で食べる」

私が作った料理とわかっても、彼が食べてくれる気でいることが嬉しい。彼との距離が一気に縮まった気がして、私の心は大きく揺さぶられる。

彼が浴室に向かうのを見届けて、私は調理を再開した。気持ちが乱れているせいで、焦って熱い鍋に触れたり、お玉や箸を落としたりもしたが、彼がお風呂から上がる前にすべての準備を整えることができた。

一息ついていると、彼がリビングに戻ってきた。

「早かったな、ここ、座るぞ」

「どうぞ」

その席は毎晩彼の夕食を置いている場所だった。

「お前は食べないのか？」

一緒に食べていいものかわからず、私は立ったままだった。彼が声をかけてくれなかったら、きっとそのままでいただろう。

「い、いただきます」

恐る恐る椅子を引いて、私は彼の正面の席に座る。このテーブルで彼と向き合うのは初めてのことだ。緊張で心臓が激しく脈打つ。

指先を震わせながら、ナイフとフォークを手にする。気づかれないように上目遣いで彼の様子をそっとうかがう。風呂上がりの彼は髪を下ろしてラフな格好をしていた。いつものスーツ姿のときより、ずっと若く見えた。

彼は手を合わせて、「いただきます」と言った。そして、ナイフでロールキャベツを切ると口に運んだ。

すべての所作が上品で、思わず見とれていると、彼と視線が絡んだ。慌てて目をそらすと、彼の口の端がわずかに上がった。

「マズくない。お前も食べろ」

彼の微妙な評価に、喜ぶべきなのか悲しむべきなのか判断がつかないまま、私も口に運んだ。食事に集中できず味はよくわからなかった。

そのまま会話が途切れる。距離を縮めるチャンスだというのに、上手く話題を見つけられない。じきに彼は食べ終え、部屋に引き上げてしまうだろう。

「あ、あの……」

「何だ？」

彼の態度が冷たく感じられ、怯《ひる》みそうになるが、思い切って質問した。

「き、今日はどうして帰りが早かったのですか？」

踏み入ってはいけない話だったのだろうか。彼は無言のままだ。できることなら、自分の台詞を取り消したくなる。気を揉んでいると、彼がようやく口を開いた。

「仕事が落ち着きつつあるんだ」

「そ、そうですか。早く落ち着くといいですね」

「そうだな。ごちそうさま」

彼はそう言って部屋に姿を消した。器を見ると、残さずに食べてくれていた。期待してはいけないと思いながらも、早くも頭の中は明日のメニューを何にするかでいっぱいだった。

翌日も彼の帰りは早かった。そのつもりで料理を作り始めていたものの、二日続けての早い帰宅に驚きを隠せなかった。

「は、早いお帰りですね……」

彼は昨日と同じ場所から、立ったままキッチンをのぞく。投げられた視線がなんだか昨日より冷たく感じられて不安になる。

「今日はアジフライですが、食べられますか？」

「あぁ」

私は少し安堵して、小さく息を吐く。

「あ、ありがとうございます」

「風呂に入ってくる」

昨日と同じように彼の入浴中にスピードを上げて調理を済ませ、テーブルに料理を並べる。彼が戻ってくると、お互いに昨日と同じ席に座って食事を始める。

「お味は大丈夫ですか？」

彼は私を一瞥して、「あぁ」と一言だけ答える。

「よかったです」

残念ながら気の利いた話題も思いつかないため、会話は弾まず、彼は私より先に完食してしまう。そして「ごちそうさま」と言って、また手を合わせると、自分の部屋へ行ってしまった。

翌日も、その翌日も、同じような毎日が続き、彼が帰宅すると、お風呂、夕食、部屋へ行くというスタイルが定着していく。

彼と夕食を一緒に取るようになって二週間が過ぎた頃のことだ。

「お前、料理教室にでも通っていたのか？」

「いいえ、母から教わったものばかりです」

相変わらず、口数の少ない彼だが、たまに話を振ってくる。そのチャンスを逃すことがないよう、私はいつも気を張りながら食べていた。

「お前の母親はこんな凝ったものも作るのか？」

「ええ。母は料理上手なんです」

私は彼の表情をうかがう。彼は「へぇ……」と感心しつつ、目の前に置かれた茶碗蒸しをじっと見ている。

「茶碗蒸し、好きなんですか？」

「一番の好物だ」

意外な流れで知ることのできた彼の好物に、私は顔を綻ばせた。

「それはよかったです。味はどうかわかりませんが、どうぞ召し上がってください」

彼が一口めを口に運ぶ瞬間は、いまだに慣れず緊張してしまう。

「マズくない」

この人はどんな物を食べたら美味しいと言うのだろうか。お金持ちだから、舌が肥えていることは確かだろう。そんな彼が私の作った茶碗蒸しを一気に食べ終える姿を目にすると、自惚《うぬぼ》れてしまいそうになる。

今夜は彼のために、特別に用意したものがもう一品あった。

「は、蓮池さん」

「なんだ?」

「あの、今日はデザートもあるんです」

彼が甘い物を好きかわからないが、一緒にいる時間を少しでも長くできたらという思いもあって作ったものだ。

「デザート?」

「はい。スイートポテトです」

私は彼の返事を待たずに立ち上がり、冷蔵庫で冷やしていたスイートポテトを取り出す。いらないと断られる前に動いた。

「これ、手作り?」

「はい。男性の蓮池さんでも食べやすいように甘さを抑えてあります。もしよろしければ……」

緊張しながら彼の前に差し出すと、彼はためらうことなく口に入れた。

「悪くない」

　褒められているわけでもないのにホッとするのもおかしなことだが、普段通りの答えに私は胸を撫で下ろした。

「よかったです。あ、あのコーヒーでも飲まれますか？」

　もっと話がしたくて、ダメもとで声をかけてみる。

「もらおうか」

　今日の彼は少しだけ優しい。私は予め準備をしておいたコーヒーを淹《い》れにキッチンに立ち、「どうぞ」と、彼の前に差し出す。

「これは何の豆だ？」彼が一口飲んで尋ねる。

「コロンビアをベースに、自分でブレンドしたものです」

「そうか……。もう一杯もらえるか？」

　お代わりをリクエストするということは、〝悪くない〟ということだろう。私は表情を緩ませながら、「はい」と答える。夕食後のデザートの時間を共有できたことで、また少しステップアップできた気がした。

　その晩、そろそろ眠りにつこうとスタンドに手を伸ばしかけたとき、部屋のドアをノックする音が聞こえた。

「ちょっといいか」

ドアの向こうから彼の声がする。

初めての出来事に驚いて声が上ずってしまったが、何とか返事をし、髪を手櫛《てぐし》でさっと整え、パジャマが乱れていないかを確認してからドアを開けた。

「もう寝てたか？　悪いな。ちょっとだけ話がしたい」

「い、いえ、まだ起きてました。お話って……？」

こんな時間に何の用だろう。よくない話のように思えて、気が張り詰める。

「いや、たいした話じゃない。お前、フルートはどうした？」

「あ、えっと……」

「サークルにも入っている様子じゃないし、どうなんだ？」

まさかフルートの件とは予想もしなかったので、どう答えるべきか、考えがまとまらない。

「やりたかったんだろ？」

実際、願望はあるものの、踏み出せていないのが今の状況だ。やるからには半端にしたくなくて、この生活に慣れてからサークルをのぞいてみる気でいた。

「俺のせいか？　夕食を作っているせいだろ？」

「それは違います。お料理は好きだし、フルートは落ち着いてから始めるつもりです」

「先延ばしにする必要があるのか？」

「今は蓮池さんと食事をご一緒させていただく時間を優先したいと思っています」

そんな正直な気持ちを伝えただけだが、彼は困惑した表情を浮かべた。

「お前に初めに言ったことを忘れたのか？」

「……覚えてます」

忘れるわけがない。しかし、そのことを持ち出されるのはショックだった。自分自身、今は彼との夕食を楽しみにしている。この二週間で彼も、もう少し私との距離を縮めてくれていると思っていた。

「そうか……。それでも考えは変わらないんだな？」

「はい」

「それならここに講師を呼ぶか？」

「え？」

「お前がいいなら、そうしても構わない。好きにしろと言ったからな。そういう選択肢もある」

言い方こそ冷たいが、きっと彼はずっと気にかけていてくれたのだろう。私にとってありがたい提案であることは間違いない。

「お前、料理好きなんだろ？　講師に来てもらえば、両立できるだろ」

「それはそうですが……」

このまま甘えてしまってもいいのだろうか。迷っていると、彼の手が私の頭に伸びて来た。

「考えておけ」

頭に乗った手が私の頭を一度だけ撫でた。

「遅くに悪かったな」

そう言うと、彼は自分の部屋に戻って行った。私はその場に立ったまま、閉まったドアを呆然と見つめていた。

現実の出来事と思えなかったが、頭に彼の手の感触がはっきりと残っていた。

翌朝、いつもの時間に起きると、リビングに彼の姿があった。

朝、彼と顔を合わせるのは一緒に暮らして以来、初めてのことだ。まだパジャマ姿の私に対して、彼はスーツを着て、コーヒーを片手に新聞を読んでいる。なんだか自分がだらしなく思えて、意味もなく襟《えり》を手繰《たぐ》り寄せた。

宮前さんがキッチンから顔をのぞかせ、「おはようございます」と私に挨拶する。

「お、おはようございます。は、蓮池さんも、おはようございます」

「おはよう」

小声だったが、彼はしっかり挨拶を返してくれた。

「葉月さん、今、朝食を運びますね」

宮前さんがいつもと同じように声をかけてくれるが、彼の存在を意識せずにはいられない。

「し、失礼します」

彼が無言でうなずく。遠慮がちに椅子に座ると、朝食が運ばれてきた。

「ゆっくり召し上がってください」

宮前さんは私に微笑むと、洗濯をしにリビングを出て行った。

彼と向かい合いながら、私一人だけが食事を取る状況が自意識を高ぶらせてしまい、彼の目が無性に気になる。フォークが皿に触れる微かな音ですら、大きく響いているように感じられる。

なるべく目を合わせないようにうつむき加減でいると、突然、彼が話しかけてきた。

「今日は一限からか？」

びっくりして顔を上げ、一瞬間を置いて「はい」と答えた。

すると、彼は私から新聞に視線を移し、独り言のように言った。

「乗せてってやる」

主語がないものの、誰をどこに乗せていくのか聞かなくてもわかった。動揺で彼の顔を凝視してしまう。

「会社に行くついでだ」

彼は私に顔を向けて、そう強く言い放った。

「あ、ありがとうございます。急いで食べます」

「急がなくていい」

そう言うと、彼は携帯を取り出し、どこかに電話をかけ始めた。どうやら話の内容から、いつも私を迎えに来る運転手に断りを入れているようだった。

本当についでなのか、気まぐれなのか、それとも優しさなのかわからない。ただ、心臓が痛いくらいに高鳴る。〝急がなくていい〟と言われても、急がずにはいられなかった。

「お待たせしました」

「行くぞ」

彼と家を出るとき、宮前さんに穏やかな表情で見送られた。それがなんだか恥ずかしくて、うつむきながら廊下を歩いた。エレベーターは二人きりで、お互い口をきくこともなく、ロビーまでのわずか一分足らずの時間がひどく長く感じられた。

エントランスを出ると、少しの間、ここで待っているように彼に言われた。彼がいなくなってから数分後、見慣れない一台の車が目の前に止まった。

運転席にいるのは彼だった。どうやら駐車場から自分の車を回してきたらしい。てっきり、彼専用の運転手が迎えに来るとばかり思っていた私は、まさか車内で二人きりになるとは思ってもいなかった。

　立ちすくんでいると、彼が車から降りてきて、助手席側のドアを開けてくれた。

「早く乗れ」

「あっ、はい。ありがとうございます」

　私が乗り込むと、車はゆるやかに発進した。

　窓の外に見慣れた景色が流れていく。でも、なぜかそれがいつもより鮮やかに感じられる。

　私は運転する彼をそっと盗み見る。オールバックの髪型が端正な顔立ちによく似合っている。グレーのスーツ姿がシャープさを際立たせ、仕事のできる大人の男性という印象をより強いものにしている。

「なんだ？」

「す、すみません」

　盗み見たつもりが、気づかれてしまった。

「蓮池さんの運転しているところを見るのは初めてなので」

「別に面白いものでもないだろう」

「面白いわけではありませんが、スーツを着て、髪をセットしている蓮池さんは大人だなって思って……」

感じたままに伝えると、彼は何か考え込むように黙ってしまった。気に障《さわ》るようなことでも言ってしまったのだろうか。

「大人なのは確かだな。お前より八つも上だからな」

「私が学生のせいもありますけど、大きいですよね、八つは」

「そうだな」

年の差は私たちの距離と一緒で平行線なのだ。それは決して埋まることはない。彼は八年分、いろいろな経験をしてきたに違いない。私からすれば、友梨香もじゅうぶん大人に見えるが、そんな彼女よりも遥かに多くのことを知っているのだろう。

そう考えると、彼にとって私なんて、子供すぎて物足りないに違いない。なぜ彼が私との結婚を決めたのか不思議で仕方なかった。

思いをめぐらせているうちに、気がつくともう大学の前だった。

「ありがとうございました」

「あぁ、じゃあな」

私は車を降りると、小さく頭を下げた。彼は私のほうに顔を向けることなく去っていったが、私は車が見えなくなるまでその場にいた。

するると、友梨香が歩いてくる姿が目に入った。

「おはよう、友梨香」

笑顔で手を振るが、なぜか彼女の顔が険しい。彼女は目の前まで歩いてくると、怒り口調で言った。

「ねぇ、葉月はブス専なの？」

「ブス？」

「めちゃくちゃイケメンじゃん。さっきの御曹司でしょ？　ブサイクどころか、すっごくカッコいい」

「そ、そうかな？」

「とぼけるんじゃないわよ。葉月、ブサイクって言ってたじゃん」

「そ、そうだっけ」

それは彼女が誤解しただけだ。でも、そんなことを言ったら、火に油を注ぐ結果になりそうなので黙っておいた。

「まあ、でもよかったね。送ってくれたってことは、少しは関係がよくなってるんでしょ？」

そう言うと、彼女は笑顔を見せて門をくぐっていった。

でも、そう思えるだけの自信が私にはなかった。今日送ってくれたのも〝ついで〟だと念を押されたし、昨日も〝初めに言ったことを忘れたのか？〟と言われたばかりだ。忘れるわけがない。〝俺は、お前を好きにはならない〟――その言葉を思い出すたびに、胸に激しい痛みが走る。

さっきまで感じていた胸の高鳴りは、一瞬にして重くのしかかる不安に姿を変えた。

時は流れ、彼と出会った春から季節は移ろい梅雨を迎えようとしていた。その間、すっかり彼と夕食を一緒に取るのが日課になっていた。

大学にいても、夕食のメニューを考えていることがあり、友梨香にはまるで主婦のようだとからかわれる。しかし、普通の夫婦関係とは異なるとはいえ、現実、私は主婦なのだ。

そんなある日、帰宅すると、玄関に彼の革靴があった。これまで彼が先に帰宅していたことが二度あるが、一度は冷たくされ、一度はお風呂事件があった。だから自然と警戒心が働く。

リビングに向かう途中で浴室を確認し、彼の姿がないことを確認してからリビングのドアを開く。

「ただ今戻りました」

「帰ったのか」

彼はソファで新聞を読んでいた。

「はい。遅くなってすみません」

「謝らなくていい。お前は学生なんだから自由にしろ」

「ありがとうございます。今日はもうお出かけにならないのですか？」

早すぎる帰宅に、そう尋ねずにはいられなかった。

「あぁ」

「そうですか。じゃあ、すぐに夕食の支度をしますね」

彼の早い帰宅は私を笑顔にした。彼も微かに表情を緩ませた気がした。

今夜のメニューは鶏の唐揚げだ。鶏肉の筋切りをしていると、彼がカウンター越しに話しかけてきた。

「手際がいいな。昔から作ってたのか？」

「はい」

彼に見られていると思うと、途端に緊張に襲われ、返事をする声まで小さくなる。

「家政婦はいなかったのか？」

「昔はいましたけど」

小さい頃は家にたくさんの家政婦がいた。しかし、姉が家を出た頃から徐々に人数が減っていき、今は母がすべての家事を一人で担っている。

「そうか……」

「はい。母はとっても料理上手なんです」

「そういえば、前も同じこと言ってたな。つまり、お前の料理は母親から覚えたわけか？」

「ええ、はい」

母は私と同じで、料理を楽しんでいた。その腕前はかなりのもので、娘の私から見てもお店を開けるレベルだと思う。でも、彼の育った環境では、そうしたことは家政婦に任せるのが自然なのだろう。だから、私が料理をするのが、大変なことに思えているのに違いない。

「お前、塔子さんもいるんだから、もっと好きなことしろよ。毎日作ってたら嫌になるだろ？」

「そんなことないですよ。お料理するのは好きなので」

嫌になるどころか、彼に食べてもらうことが、楽しみの一つになっている。

「若いのに変わってるなあ。俺がお前くらいの歳の頃には考えられない」

彼は眉間にシワを寄せて腕を組む。

「たしかに蓮池さんがお料理する姿なんて考えられません」

私は彼の料理姿を思い浮かべて苦笑した。きっとエプロンすら似合いそうにない。

「蓮池さんはどんな……」

「なんだ？」

〝どんな学生時代を？〟と聞きたかった。彼の昔に触れてみたい。でも、あまり踏み込みすぎてはいけない気がして、言いかけた言葉をのみ込んだ。

「あ、味見します？　もし、よければですけど……」

「あぁ」

私は棚から小皿を取り出して、揚げたての唐揚げを載せると、箸と一緒に差し出した。彼は受け取ると、まるごと口に放り込んだ。揚げたてだからかなり熱いはずだ。思ったとおり、彼が顔を歪ませる。

「だ、大丈夫ですか？」

彼は平気だというように右手を挙げる。けれども、やはり熱いのだろう。私がコップに水を入れて渡すと、口に運んで流し込んだ。

彼の様子が落ち着くのを見計らって尋ねる。

「味はどうでしょうか？」

「熱くてわからなかった」

「すみません」

そう謝りながらも、私は彼の返事が妙におかしく、思わず噴き出してしまった。

「そんなにおかしいか？」

「い、いえ。やけどしてないですか？」

「このくらいでするか」

「強いんですね」

私がそう言うと、今度は彼が「強いってなんだよ」と目を細めた。

その初めて見せてくれた笑顔に、目が釘付けになる。

「も、もう一つ食べますか？」

「あぁ」彼が小皿を戻す。今度は一つの唐揚げを半分にして、冷ましてから渡した。そのときには、もう彼の笑顔は消えていた。

「どうですか？」

「悪くない」

そう答える彼の表情はいつもの様子に戻っていたが、私はそのお決まりの言葉にホッと安堵のため息をつく。

器に料理を盛りながら、さっき見た彼の笑顔を思い出し、胸の奥が温かくなった。


生活のリズムが掴めてきた私は、学期末のテストであわただしくなる前に、吹奏楽サークルを見学しに行くことにした。本来はこのサークルに入りたくて選んだ大学だ。

本格的だと評判で、テレビで取り上げられたこともあるほどだ。彼から講師を雇う提案を受けてからしばらく経過してしまったこともあり、そろそろどちらにするのかを決めておきたいと思った。

講義の後、私は練習風景を見に部室へ足を向けた。けれど、中をのぞく勇気がない。ドアを開けると目立ってしまう気がして躊躇《ちゅうちょ》してしまう。

ドアの前で様子をうかがっていると、後ろから肩を叩かれた。

「きみ、入部希望者?」

振り返ると、そこには中性的な顔立ちの若い男性が立っていた。きっと部員だろう。

「えっと、見学したいのですが、どなたに尋ねたらいいですか?」

「僕でいいよ。僕はここの部長の児玉義也《こだまよしや》。入部したいなら歓迎するよ」

たまたま部長に会うとは運がいい。しかしまだ入部するかは未定だ。

「私は一年の蓮池葉月と申します。あの、とりあえず見学だけすることはできますか?」

「いいよ。きみ、経験者?」

「はい。中学、高校でフルートを吹いてました」

「そうなんだ、経験者は大歓迎だよ。どうぞ」

快く入れてもらえそうなことにホッとする。室内は高校のときより広いが、部員は想像より少なく感じた。

「今日はフリーデーなんだ」

「フリーデー?」

「うちのサークルは毎週月・水・金と、隔週で土曜に活動してるんだ。それ以外の日は自由参加になってるんだよ。バイトしてる子もいるからね。きみ、バイトは?」

「いえ」

「それなら時間はあるわけだ」

「あっ、いえ。バイトはしてませんが、家事があるので……」

毎回来られると勘違いされては困る。

「家の手伝い?」

「ええ……」いきなり結婚しているとは言いづらくて、私は言葉を濁した。

「偉いね、若いのに。僕の周りにきみみたいな子、いないよ」

以前にも共哉さんに、同じようなことを言われたのを思い出す。やはり、私は世間とズレているのだろうか。

「そうですか……」

「晩御飯作りとか?」

的確に当てられて、私は「あっ、はい」とうなずいた。

「ふーん、偉いね。ねぇ、名前なんだったっけ?」

「え、あ、蓮池葉月です」

「葉月ちゃんね」

「え?」

　親しくもない相手をいきなり下の名前で呼ぶのは、普通のことなのだろうか。たしかに友梨香は出会ってすぐに〝葉月〟と呼ぶようになったが、彼女は同性だ。その慣れ慣れしさに身構えてしまう。

「葉月ちゃん、携帯番号教えて」

「番号ですか?」

「うん。入部希望の子には、一応聞いておくことにしてるんだよ」

　あまり気が進まないが、そう言われると仕方がない。

「わかりました」私は渋々彼と番号を交換した。

「そうだ葉月ちゃん、フルート吹いていく?」

「いいんですか?」

「いいよ、待ってて」

　フルートを吹いていいと言われて、単純にも彼への不信感を忘れる。

　児玉さんからフルートを手渡されると、思わず顔が綻んだ。家では音が漏れるのが気になって吹いていなかったから、手にするのは久しぶりだった。

「ありがとうございます」

私は「失礼します」と頭を下げ、早速音を出してみた。懐かしい感覚が身体を駆けめぐる。まだ記憶に新しい高校最後のコンクールの演奏曲を吹いてみる。吹き始めると止まらず、最後まで演奏してしまった。

「きみ、上手いんだね。高校はどこ？」

私の出た高校は吹奏楽が有名で、コンクールでは毎回上位につけていた。彼にそれを伝えると、「なるほど」と納得したようにうなずいた。

「ぜひ入ってほしいな」

「ありがとうございます。入部させていただくときはここへ来ます」

「うん。家族に相談するといいよ」

共哉さんに相談したら、きっと好きにしろと涼しい顔で言うに違いない。

「はい。本当にありがとうございました。失礼します」

部室を後にしようと背中を向けると、児玉さんに呼びとめられる。

「葉月ちゃん！」

やはり違和感のあるその呼び方に、わずかに顔をしかめながら振り向く。

「なんでしょうか？」

「いつでも連絡していいから」

児玉さんの意味深な笑顔が引っかかりながらも、私はもう一度「ありがとうございます」と頭を下げて、部室を後にした。

サークルを見学したため、普段より遅く家に着いた私は、急いで夕食の準備にとりかかった。スピーディーに調理できる親子丼に決めたものの、作り始める前に共哉さんが帰宅してしまった。

「おかえりなさい」

「ただいま。今日は遅かったのか？」

まだ材料も出してないすっきりとしたキッチンを彼は見つめた。

「すみません。サークルの見学で遅くなりました」

「そうか……」

「はい。それで食事の準備がまだで……」申し訳なくて身体を縮こませる。

「いい、先に風呂に入る」

彼は不機嫌そうに浴室へと消えた。そうさせた原因はきっと私だ。家庭に影響を及ぼしてしまうなら、やはりサークルとの両立は難しいかもしれない。どうするか頭の片隅で考えながらも、とにかく彼がお風呂から上がってくるまでに調理を終えようと急いだ。

「お待たせしました」

何とか間に合わせたものの、盛り方も雑になってしまったうえに、用意した品数も少ない。こんな夕食では、彼がまた帰って来なくなるのではないかと心配になる。

実際、彼はお風呂上がりなのに、いつものような爽やかな空気感がない。やはり、怒っているのだろうか。

「どうぞ召し上がってください」

「あぁ」いつもに増して沈黙が重く、私の箸は進まない。しかし彼は黙々と食べ、品数が少ないこともあって、あっという間に完食してしまった。

このまま部屋へ行ってしまうのだろうかと、サークル見学に行ったことを後悔していると、彼が私に聞いてきた。

「どうだった？」

「はい？」

「サークルだよ。やるのか？」

そう言われて、児玉さんに「家族に相談してみて」と言われたことを思い出す。

「迷ってまして……」

「何を迷うんだ？　フルートは人数オーバーだったのか？」

「いえ、それは大丈夫だと思います。吹かせていただいたので……」

訪れる沈黙に、言葉が続かない。すると、先に彼が口を開いた。

「言っていたわりには入りたそうに見えないが」

「そんなことはないです。久しぶりに吹けて楽しかったですし」

「久しぶり？」

「はい。ここに来てから吹いてなかったので……」

私の言葉に彼は顔をしかめる。

「遠慮してたのか？」

「はい、ご近所に音が響くのが心配でできませんでした」

騒音は近隣とのトラブルになりかねない。それに彼には確実に聞こえてしまうだろうから、迷惑をかけたくなくて吹けなかった。

「心配ない。ここはすべて防音壁だ」

「そうなんですか？」

「あぁ。だから好きに吹けよ。遠慮なく」

「ありがとうございます。嬉しいです」

「ったく、もっと早く聞けよ」

「すみません……」

たしかにそのとおりだが、ここに来た頃は恐れ多くて、とても聞けなかった。

「前も言ったが、ここに講師を呼んでもいいんだぞ。まぁ、お前がサークルを選びたいならそれで構わないが。サークルのほうが交友関係は広がるだろうしな」

私の中での優先順位はなんだろう。友達の数は昔から多くなく、本当に心を許せる人と深く付き合うほうだ。フルートは吹きたいけれど、料理や彼との時間も大切にしたい。

そう考えると、彼の提案のほうが断然いいように思う。

「蓮池さん、私……お言葉に甘えていいでしょうか？」

「もちろんだ。じゃあ講師はこっちで探しておく」

すぐに受け入れられてホッとする。

「すみません。お仕事が忙しいのに」

「たいしたことじゃない」

「ありがとうございます」

私は彼に頭を下げた。またフルートを再開できることが単純に嬉しかった。


翌朝、大学に行くと、校舎の壁に背中を預け、スマホをいじっている児玉さんの姿を見つけた。向こうも私に気づいたようで、手を振っている。笑顔の彼には悪いが、断るなら早いほうがいい。

「おはようございます」

「おはよう、葉月ちゃん。どうだった？　サークルのこと家族に聞けた？」

「はい」

「で、なんて？」

昨日、親切にしてもらっただけに断りにくい。しかし、答えは決めているのだ。

「せっかく見学させていただいたのですが、ごめんなさい」

「ええ、マジで？」

断られると思っていなかったのか、彼から笑顔が一気に消える。

「ごめんなさい」

「マジかぁ……。手伝いがあるから？」

「それもありますし、自宅で習うことになったので。本当にごめんなさい」

心から申し訳なくて、深く頭を下げる。

「そっか、残念だけど仕方ないよね」

彼には悪いと思ったが、早く決着をつけられて、肩の荷が一つ下りた気がした。

「本当にありがとうございました」

「いいよ。でも、入りたくなったらいつでも連絡してね。僕の番号、登録してるよね？」

「はい」

「いつでもかけていいから」

「あっ、はい」

そう言われても、きっとかけることはないだろう。一応、社交辞令として、笑顔でうなずいて児玉さんと別れた。


その夜、私はサークルを断ってきたことを報告したくて、共哉さんの帰りを待っていた。でも、この日に限って帰りが遅く、まだかまだかと首を長くして待っていた。だから、玄関のドアが開く音がしたときには、無意識にリビングを飛び出していた。

「おかえりなさい」

「ただいま」

彼は私の出迎えに、一瞬驚いたような表情を見せたものの、特に言葉もなく、部屋に上がった。

「お前、まだ食べてないのか？」

ダイニングテーブルには二人分のお茶碗が逆さになっていた。

「はい……」

彼の声が冷たい。気を悪くしたのだろうか。彼はそれ以上何も言わないので、私は「お風呂にされますか？」と尋ねた。

「いや、飯からでいい」

料理を温めていると、椅子を引く音と彼の大きなため息が聞こえた。かなり疲れているようで心配して様子をうかがっていると、彼と視線が絡んだ。

「お前」

「え？」

話しかけられると思ってなかったから、驚いて鍋の側面を触ってしまった。

「熱っ……」思わず声を上げると、彼は椅子から立ち上がり、私の隣にやって来た。

「大丈夫か？」

「えっ⁉　あっ、はい」

痛みは一瞬で消えたが、彼は確認するように私の手を見た。

「あ、あの……さっき何か言いかけませんでした？」

「あぁ、俺を待ってなくていいから」

「す、すみません」

大事でないことがわかると、彼はテーブルに戻った。待っていることが彼にとって迷惑だったことがわかり、暗澹《あんたん》たる気持ちになる。

「お待たせしました」

「あぁ」

不機嫌そうな表情の彼の前に座って食事を始める。二人の咀嚼《そしゃく》する音しか聞こえない中、私は思い切って彼に話しかけた。

「蓮池さん、今日、サークル断ってきました」

「そうか」

昨日の心遣いにわずかに優しさを感じたからこそ、返事の素っ気なさに戸惑う。もしかしたら本心は違っていたのではないかと心配になる。

「あ、あの……自宅で習わせていただいても大丈夫ですか？」

「あぁ。昨日そう言ったろ」

「ありがとうございます」

「あぁ」と答えると、彼は手元に視線を戻して料理を口に運んだ。嬉しい返事をもらったはずなのに、気のない素振りに気持ちが沈んでいく。

「あの……私、大学を出たら働いてお返ししますから」

「何を？」

「お月謝代です」

すると、彼は再び視線を私に向け、顔をしかめた。私の胸は不安で大きく揺れる。

「働くつもりか？」

「はい」

「その必要はない」

強く言い切られ、私は何も言えない。

「手が止まってるぞ。早く食えよ。お前、明日も一限からなんだろう？」

「は、はい」

「本当に俺を待ってなくていいからな。お前のペースで生活しろ」

もしかしたら、彼は私を気遣ってくれているのだろうか。

「ありがとうございます」

「明日も遅いと思う。待ってなくていいから」

本当は、彼は優しい人なのかもしれない。そんな思いが再び私の中で生まれた。


翌日、大学に行くと、正門をくぐったところで、児玉さんに声をかけられた。

「おはよう、葉月ちゃん」

「おはようございます」

昨日、入部を断ったばかりで気まずいが、無理やり笑顔を作ってみる。

「葉月ちゃんを待ってたんだ。教室まで一緒に行こう」

「え⁉ あ、あの……どうして？」

彼がいったい何を考えているのか、見当もつかない。

「まあ、まあ。それより葉月ちゃんは、授業は毎日一限から？」

「いえ、金曜日以外は」

「ふーん。送ってもらうのは毎日？」

「はい」

どうやら車から降りるところを見られていたようだ。

「そう。お嬢様なんだ。それなのに毎日手伝いしてるの？」

「え、まぁ……」

私はついて来るなとも言えず、講義の時間が心配で一緒に歩き出した。

「フルート、やっぱり家で習うの？」

「はい。すみません」

「そうか……まあいいよ。葉月ちゃんとサークルで会えないのは残念だけど」

一度見学に行っただけなのに、会えなくて残念というのは大げさだ。

「はぁ……」と、つい気のない返事になってしまう。

「たまには吹きに来てよ」

「はい、できれば」

二度とお世話になることはないと思うが、後ろめたさもあってそう言うしかなかった。

この日、児玉さんは私の教室まで一緒に来て、それから自分の教室に行った。結局、何のためについて来たのかわからず、再び警戒心が芽生えた。

しかし、児玉さんがついて来るのはこの日で終わらなかった。翌日も、その翌日も、児玉さんが正門の前で待っていた。そして、教室まで一緒に来ては、自分の教室へと行く。いったい何を目論んでいるのか不思議で仕方ない。

「おはよ。ねぇ、今の人誰？」

児玉さんと入れ違いでやって来た友梨香が、彼の後ろ姿を見つめながら尋ねる。

「おはよう。あの人は吹奏楽サークルの部長さん。児玉さんって言うんだけど、この前、一度見学に行って……」

「ふーん。よく教室まで来るの？」

「来るっていうか……まあ、そう」

たいてい友梨香は私より来るのが遅いから、彼を見るのは初めてだった。

「まぁ、そんなに悪い顔じゃないけど、御曹司には負けるわね」

「ど、どうかな……」

「それって、認めているようなもんじゃん」

たしかに共哉さんのほうがカッコいいと思う。肯定するのもおかしいので濁したつもりだったけれど、彼女に思い切りからかわれてしまった。

その夜、帰宅すると共哉さんの靴が目に飛び込んできた。私は駆け出すようにリビングに向かう。

た。

「おかえりなさい」

彼も今帰宅したばかりなのかもしれない。立ったままで私を見て、「ただいま」と言った。

「今、夕食つくりますね」

「あぁ」

久しぶりの早い帰宅に顔が綻ぶ。

「風呂に入ってくる。慌てなくていいから」

そうは言われたものの、私は急いで準備を始めた。さすがに彼がお風呂から出るまでには間に合わなかったけれど、ソファで新聞を読みながら待っていてくれた。

ようやく料理が出来上がると、私は「お待たせしました」と彼に声をかける。

彼は「あぁ」と言って立ち上がると、いつもの席に座った。

「今日は早かったですね」

「あぁ。出先から直帰したからな。食べていいか？」

「もちろんです。どうぞ」

彼が「いただきます」と手を合わせて食べ始める。私が一番幸せに感じるひとときだ。

つい彼のことを見つめてしまう。

「どうですか？」

「悪くない」

今日のメインは白身魚の蒸し物だった。口に合ったのか、いつもより箸が進んでいるように見える。

「蓮池さんは、好き嫌いはないんですか？」

すると、彼は少し間を置いてから「煮魚」と呟くように答えた。

「えっ？」

思わず、大きな声が出てしまう。なぜなら、今までも何度か夕食に出したことがあったからだ。いつも彼は「悪くない」と食べてくれていたはずだ。

「心配するな。あれは食べられた」

彼の〝あれ〟がどのときの煮魚を指すのかわからないが、動揺を隠せない。

「それに苦手だったのは昔のことだ。今は別に普通に食べられる」

彼がそう言うのなら本当かもしれない。疑ったところでどうしようもない。

「じゃあ、好きな料理はなんですか？　茶碗蒸し以外で」

ずっと気になっていたことだ。教えてもらえるなら、ぜひ作ってみたい。

「何かな……お前はどうなんだ？」

「え？」

彼は手を止めて私を見つめる。その涼しげな目線に胸の鼓動が早まる。

「だから、お前の好きな食べ物だよ」

彼は少し苛立ったような様子を見せながらも、私を見つめたまま答えを待ってくれている。

「そうですね、ショートケーキです」

「あの苺《いちご》の？」

「はい」

中でも母の手作りのショートケーキが一番のお気に入りだった。それを知っている姉はいつも私に大きいほうを譲ってくれた。そんな懐かしい思い出が胸を切なくさせる。

ぼんやりしていると、その間に彼は完食していた。

「あの、お代わりは……」

「いいよ。ごちそうさま」

彼はそう言って部屋に消えた。私は食べ終えると、呆気なく終わった夕食の寂しさを振り払うようにすぐに立ち上がり、片づけを始めた。

片づけを終えた私は、部屋でひと休みした後、お風呂に入った。リビングに戻ると、ダイニングテーブルの上に、入浴する前にはなかった小さな白い箱が置かれていた。

「これ……」そう呟いたとき、彼の部屋のドアが開いた。

「蓮池さん、あの、これ……」

どう考えても彼しかいない。宮前さんがこの時間に訪れるはずがない。

「ついでだ」

なんのついでだと言うのだろう。私は小さく首を傾げて彼を見る。すると無表情の彼は私から視線をそらした。

「用があって出たついでだ。近くの店のものでいいなら食え」

言い方こそぶっきらぼうだが、夕食時の会話を気にかけてくれたのは間違いない。ついでだろうがなんだろうが、とても嬉しく思う。

「いいんですか？」

「いいと言ってる」

「ありがとうございます。開けてもいいですか？」

「あぁ」

箱の中には苺のショートケーキが三つと、チョコケーキが一つあった。

「蓮池さんも召し上がりますか？」

「俺はいいよ。お前に買ってきたんだ。食えよ」

その言葉には優しさが込められている。彼は自分で気がついているだろうか。

「はい。あっ……せっかくなのでコーヒー淹れます。蓮池さんは飲まれませんか？」

一人で食べるのは寂しい。半分祈るような思いでそう尋ねると、彼は「もらおうか」

とうなずいてくれた。

「すぐに準備します」

私の心はとても晴れやかになり、声まで弾むようだった。

彼に淹れたてのコーヒーを運ぶ。

「どうぞ」

「ありがとう」

私は彼に笑顔を向けて、ケーキを一つ手に取った。もちろん苺の乗ったものだ。

「いただきます」

生クリームの味が口いっぱいに広がり幸せな気持ちになる。

「美味しい……」

母のケーキに負けないくらい美味しいと思うのは彼の優しさを感じるからだ。一口、もう一口と次々に口へ運ぶ。夢中になって、私は最後の一口になるまで食べ続けた。顔を上げると、彼が柔らかな表情で私を見ていた。

「本当に好きなんだな」

「すごく好きです」

子供染みていて恥ずかしかったが、彼が小さな声で「よかったな」と言ってくれたのを聞いて、喜びが胸に広がった。

「お前、明日、大学が終わってから予定はあるか？」

私を見つめる瞳に胸が高鳴る。もしかして、どこかへ連れていってもらえるのだろうか。何を言われるのか、ドキドキしながら待つ。

「明日だが、フルートの講師を呼んであるから、一日体験してみればいい」

「え？　は、はい！」

「もしそいつと合わなそうなら俺に言え。また探すから」

「ありがとうございます」

期待のセリフとは違ったものの、こんなにも早く講師を探してくれたことに感謝の気持ちでいっぱいになった。今夜は彼からたくさんのプレゼントをもらった気分だった。


前期のテストが間近に迫ったある日、大学の学食で友梨香とランチをしていたときのことだ。

「葉月、近頃楽しそうだね」

「そう？」

「そうだよ。だって、前は私から御曹司のこと聞かないと何も話さなかったけど、今は葉月から話してくれるでしょ」

言われてみれば、そうかもしれない。たぶん、あの日からだ。私から彼女に「昨日、蓮池さんがケーキを買ってきてくれたの」と切り出したのは覚えている。

それ以来、私は彼が少し笑ってくれたとか、味の好みがわかってきたとか、些細なことまで彼女に話している気がする。

「最近は顔色も明るいし、よかったよ」

「友梨香……」

彼女の言葉に胸がじんと熱くなる。

たしかに結婚当初より毎日が楽しい。彼との関係だけでなく、大好きなフルートも学ぶことができるようになった。彼が手配してくれた講師はとても優しい人で、昔プロだったというだけあって、スキルも素晴らしかった。彼に報告すると、週に一度来てくれるようにすぐ取り計らってくれた。

「御曹司のこと、好きになれてよかったね」

「えっ⁉ 好きって？」

彼女の突然の指摘に私は固まる。

「だってそうでしょう。葉月の顔、恋する女子そのものだし」

私は急に恥ずかしくなり、思わず自分の顔を両手で挟んだ。

「恋……」

「気づいてないの？」

「え、いや……」

十八年間、誰かに焦《こ》がれたことがない。そんな恋愛初心者の私に、彼を好きなのかどうかわかるはずがない。

「こうなってくると、あの部長さんの入る隙はないね」

「ごめん、なに？　今、ボーっとしてた」

「なんでもない」

「そう？」

〝恋〟という言葉が頭から離れず、彼女の話を聞き逃してしまった。

「いいの。とにかく自分に素直にね。あんまり深く考えないで」

彼女はそう言うものの、自分の気持ちもよくわからないし、もし私が共哉さんを好きだとしても、彼のほうにその気がなければ成立しない。彼との距離が縮まりつつあるとはいえ、現実には、その影さえも見えないほど、彼は遠くにいるように思えた。

第二章　調律

例年より暑い夏が終わり、今日から大学は後期の授業がスタートする。

夏休み中、友梨香は実家に帰ってしまったため、私はもっぱら料理とフルートの練習に明け暮れる日々を送った。

共哉さんとの関係は相変わらず一進一退だった。ただ、彼の普段の表情の中にほんの少し違う表情を見つけるだけで幸せを感じたり、夕食を残さず食べてもらえるだけで明日への活力が生まれたりするなど、私の中で彼への気持ちが日に日に大きくなっていることに気づかされていた。

「蓮池さん、今日はお帰り早いですか?」

「あぁ。お前は一限からか?」

「はい」

「ついでだから乗せてってやる」

新学期早々の彼の申し出に胸が高鳴る。一日の中で彼といられる時間が少しでも増えるだけで嬉しかった。友梨香に言われたように、やはり彼のことを好きになっているのかもしれない。

二度目の彼の車は、初めて乗せてもらったときよりも緊張した。理由はわかっていた。〝好き〟という自覚のせいだ。

助手席からこっそり彼の横顔を盗み見る。男の人にしては影を作りそうな長いまつ毛、整った鼻筋、キレイな顎のライン……。その端正な顔立ちに小さくため息をつく。

「大学は楽しいか?」

静かな車内に突然響いた声に私は一瞬たじろぐ。

「は、はい」

「そうか」

上手く会話を続けられないことには変わりないが、彼の表情が穏やかだから、以前のような焦りは感じない。それどころか想いが膨らんで、無性に気持ちを伝えたくなる。

「あの……」

「なんだ?」

しかし、ちょうど信号が赤に変わって車が停まった。と同時に、彼の顔が私に向けられ、真っすぐに視線がぶつかる。

「いえ……なんでもないです」

「そうか」

結局、伝えられないまま、大学に到着してしまった。もし私が好きだと伝えたら、何かが変わるだろうか……。せっかく良好になっている二人の関係が崩れてしまう可能性もあるかと思うと、途端に臆病になってしまう。

「ありがとうございました」

「じゃあな」

初めて送ってもらったときと同じように、私は彼の車が見えなくなるまで見送った。

「葉月ちゃん」

「こ、児玉さん……」

せっかくの素敵な朝だったのに、よりによって新学期の初日から、児玉さんと顔を合わせるとは思わなかった。まさか、また待ち伏せしていたのだろうか。

「久しぶりだね。会いたかったよ」

「は、はい」

こちらは児玉さんの存在すら記憶の片隅に忘れ去っていた。

「ねぇ、車の人、お兄さん?」

〝お兄さん〟と言われて、落胆する。夫婦とは思われないまでも、恋人くらいには見られてもいいのにと思う。

「カッコいい人だね。まあ、葉月ちゃんのお兄さんなら納得だな」

児玉さんの中では兄以外の選択肢はないようだ。

「いくつ離れてるの？　かなり離れて見えたけど……」

答えたくなくて、私は「友達と約束してるので」と作り笑いを向けると、駆け足で校舎に逃げ込んだ。


その夜、共哉さんは早い時間に帰宅した。彼のスーツ姿に、朝の児玉さんの言葉を思い出す。けれども、彼の差し出した小さな箱が嫌な気持ちを一気に吹き飛ばしてくれた。

「おい、これ」

「なんですか、これ？」

「今日、仕事先で時間があったから買った」

私が箱を受け取ると、彼は「風呂に入ってくる」と言って、リビングを出ていってしまった。その姿をしばらく見つめた後、私は箱をゆっくりと開けた。

「わっ……」

思わず声を上げてしまうほど、中にはたくさんの種類のケーキが入っていた。モンブランやティラミス、その中でも苺のショートケーキが一番多い。私のためにわざわざ買ってきてくれたことを思うと胸が熱くなる。

彼がお風呂から上がると私は駆け寄り、「ありがとうございました」と笑顔で伝えた。

「今日は何？」

「パスタです。カルボナーラにしました。お好きですか？」

「まぁ」

こんなに簡単に〝好き〟と言えたらどんなにいいだろう。いや、好きだと伝えたい。

「あ、あの……」

彼の涼しい瞳が真っすぐに私を見つめる。心臓が痛いほど激しく胸を叩く。

「あ、あの私……」

その時、彼の携帯が大きな音を立てた。

「悪い……」どうやら仕事の電話のようだ。もし今、電話が鳴らなかったら、きっと私は伝えていただろう。自分のしようとした事の大きさに、指先は微かに震え、動悸が収まらない。

「悪かったな」

「あ、いえ……」

電話を終えると彼は私のそばに立った。早鐘を打つ胸の鼓動に気づかれそうで、さらに緊張が高まる。

「お前、何か言いかけてなかったか？」

「いえ」

改めて尋ねられても絶対に言えない。彼への想いを胸の中に閉じ込めた。

「そうか、ならいいが……」

「お仕事の電話ですか？」

声が上擦っているのが自分でもわかる。思わず視線をそらしたくなるが、余計に怪しまれてしまうと思って必死に耐える。

「そう。少し出てくる」

「えっ⁉　今からですか？」

寂しさで私の心は一気に沈む。

「あぁ。いや、飯だけ食べていく。準備できるか？」

「はい！」

私は急いでキッチンに駆け込んだ。スピードを優先して、とりあえず彼の分だけ作る。家で食べていってくれるとは、私に気を遣ってくれたのだろうか、それとも単純にお腹が空いているだけなのかもしれない。どちらにしても嬉しいことに違いはない。

「できました。時間は大丈夫ですか？」と、料理を並べていく。

「大丈夫だ」

彼はいつもよりスピードを上げて食べ終えると、手を合わせて席を立った。私は寂しさを顔に出さないように気を張りながら、彼を玄関まで見送る。

「気をつけてくださいね」

「あぁ」

彼はいったんドアを開きかけたが、手を止め、振り向いた。

「おやすみ」

「お、おやすみなさい」

ドアが静かに閉まる。〝おやすみ〟というたった一言だったけれど、私の胸を確実に焦がしていく。

「好きです……」

誰もいない玄関に、言えなかった言葉がこぼれ落ちた。

リビングに戻って彼の食器を片づけると、彼の優しさに触れたくて、私は冷蔵庫からケーキを取り出した。

「こんなに食べきれないよ……」

ひょっとすると、彼も一緒に食べるつもりでいてくれたのかもしれない。

せっかくだから、携帯で箱の中身を撮影して、待ち受け画面に設定し、頬を緩ませる。

いつか彼の写真をそうできるといいのだが、そんな日は訪れるのだろうか。

翌日、友梨香に、携帯の待ち受け画面を変えたのを早速見つかってしまった。

「ねぇ、何それ？」

「昨日の蓮池さんからのお土産なの」

「へぇ、すごい量だね。何人分？　前よりパワーアップしてるじゃん」

「うん……」

彼も食べるつもりだったのかもしれないが、二人分にしても多いと思う。

「すごいね！　愛だね。食べきれた？」

友梨香はよく大げさに物を言う。残念ながら、彼に私への〝情け〟はあるかもしれないが、〝愛〟は存在しないと思う。現状、私が一方的に好きになっているだけだ。

「ううん、食べきれなくて朝食にしてきた」

「へぇ……」

もう一度、彼にお礼を言いたかったのに、今朝は彼と会えなかった。呼び出されたくらいだから仕事が忙しいのだろう。昨晩遅くに帰ってきて、朝早くに出かけたようだった。今夜は彼に会えるといいのだが……。

私の願いが叶ったのか、その晩、彼の帰りは早かった。

「おかえりなさい」

「ただいま」

「あの、昨日はありがとうございました」

彼はネクタイを緩めながら、何かを考えているような表情を見せる。言葉足らずで、彼には伝わらなかったのだろう。

「何が？」

「ケーキです」

「あぁ、全部食えたか？」

私は正直に首を横に振った。

「後で一緒に食べてもらえますか？」

「あぁ」

私はホッとして、胸を撫で下ろす。

彼がお風呂から上がると、私たちは手を合わせて夕食を食べ始めた。

「どうですか？」

「悪くない」

気持ちが高ぶっているせいもあるのだろう。お決まりの返事がなんだか可笑しくて、笑いを堪えながら彼の顔をのぞき見る。すると、少し疲れているように見えて、一転、彼の身体が心配になる。

「なんだ？　何かついてるか？」

「い、いいえ。ただ昨日、ほとんど寝られてないんじゃないかと思って……」

「大丈夫だ」

そのまま話が途切れる。私は学生で、彼は社会人。それに年齢も八つ違うから、どうしても共通の話題が少ないのが悩みだ。食べることに集中しがちになるので、今日も彼はあっという間に夕食を食べ終えてしまった。

「おい、お茶もらえるか？」

「は、はい」

彼が頼み事をするのは珍しいことだ。私は急いで立ち上がってお茶を用意する。

「どうぞ」

「悪いな」

彼はゆっくりとお茶を口に運ぶ。その様子から私は、彼が私の食事を急かさないように気遣って、お茶を注文したのだと気づく。

私はペースアップして料理を口に放り込む。サイドメニューに作ったサラダパスタを飲み込もうとしたときだった。一気に食べようとしたためか、喉につかえて咽《むせ》てしまった。息が苦しくて、自分の胸を叩く。異変に気づいた彼が椅子から立ち上がる。

「おい、大丈夫か？」

飲み込むのに必死で、返事をするどころではない。

「これ飲めよ」

彼が差し出したお茶を、何も考えずに流し込んだ。それが間接キスだと気づいたのは、やっと声が出せるようになってからだった。

「すみません……」

「気にするな」

彼がそういう意味で言ったのではないことはわかっているが、〝気にするな〟の一言に余計に唇が熱くなる。

「お茶、淹れ直してきますね」

私がキッチンに立とうとすると、彼は「いいよ」と言った。

呆《あき》れられてしまったのだろうか。些細なことで心配になる。

「でも……」

「お茶はいいから、後でコーヒーをくれ。ケーキを食べるときにでも」

「あっ……」

「落ち着いてゆっくり食えよ」

そう言うと彼はソファに移動してテレビをつけた。それは〝テレビを観ているから慌てなくていい〟と言ってくれているように思えた。

夕食を終え、テーブルの上を片づけ、コーヒーを淹れると、ケーキの箱をテーブルに運んだ。

「蓮池さん、コーヒー入りましたよ」

「あぁ」

彼はテレビを消すと、再び私の前に座った。

私はケーキの箱の中身を見せ「どれがいいですか?」と尋ねた。苺のショートケーキは食べてしまったので、残っているのはそれ以外だ。

「お前、本当にショートケーキが好きなんだな」

「え、あ、ごめんなさい、もしかしてショートケーキがよかったですか?」

私が心配そうな顔をすると、彼は「そうじゃない」と少しだけ笑った。その笑顔が私の心を刺激する。

「じゃあ、俺はこれを頼む。お前はこれじゃなくていいか?」

彼は、ティラミスを指さした。

「あっ、はい」

正直、彼と食べられるなら、どちらでもよかった。

小皿に取り分けると、本日二度目の「いただきます」を二人で言った。ケーキを一口、口に運んだ彼が顔をしかめる。

「甘いな……」

以前に私の作ったスイートポテトを食べたときはこんな顔をしなかった。それを思い出して、少しホッとした。

「違うものにします?」

「いや、いい。コーヒーもらえるか?」

「はい」

大人の彼にはコーヒーがよく似合う。その姿を見つめていると、先ほどの間接キスをまた思い出してしまい頬が熱くなる。

「食わないのか?」

「い、いただきます」

顔が赤くなっていないか心配で、私はできるだけ顔を伏せてケーキを食べた。

恋をするとこうも反応してしまうのか。人を好きになるのはとても忙しい。

せっかくの美味しいはずのケーキなのに、味はよくわからなかった。


その週の金曜日。いつものように共哉さんがお風呂に入っている間、料理を作っていると、私の携帯が鳴った。

この時間に電話がかかってくることはめったにない。実家で何かあったのだろうか。

濡れた手を拭き、携帯を手に取ると、画面には児玉さんの名前が表示されていた。

いったい何の用だろう。いい予感はしないが、無視するのも失礼だと思い、私は電話に出た。

「こんばんは。葉月ちゃん」

「こんばんは」

新学期の初日に正門で会って以来、児玉さんの顔を見ることはなかった。連日、待ち伏せされてはどうしようかと思っていたが、心配も杞憂《きゆう》に終わり、安心していたところだった。

ひょっとして演奏会か何かの告知だろうか。電話をもらうのは初めてのことだ。

「何してた?」

「えっ?」

予想もしてなかった第一声に言葉を失う。

「今、家?」

「えぇ……」

「俺も家だよ」

「そ、そうですか……」

「俺は今、風呂上がったとこなんだ。葉月ちゃんは?」

「食器洗いを……」全く興味をひかれない情報ばかりに、戸惑う。

「すごいね。家の手伝いしてんの？　ますますいいな」

「はぁ……」

児玉さんに褒められても全然胸に響かない。そもそも〝手伝い〟ではない。

「ねぇ、もしかして料理とか作るタイプ？」

わざわざ電話で話す内容なのかと思いながら、「一応は……」と引き気味に答えた。

「すげーいいね、葉月ちゃん」

何がいいのか全くわからなかった。褒められるたびに私の気持ちは遠のく。

「あの、要件は……」

「今日は何か作ったの？」

「え、なんですか？」

「晩ご飯、もしかして作ったりした？」

なかなか要件を言わない彼に、さすがに苛立ちが募る。それでも事を荒立てたくなくて、我慢して「はい」と答える。

「で、何作ったの？」

「白身魚のムニエルやキッシュを……」

「すげー、キッシュって店で食べるもんだと思ってた」

「はぁ……」彼の感想は私の心に響かずに、むしろ困るだけだった。

「魚料理ができるっていいね、魚さばけたりする？」

「一応は……」

「すごいな」

早く電話を切ってしまいたい。こんな意味のない会話をしている時間がもったいない。

「俺も食べてみたいな。葉月ちゃんの料理」

「はい？」

「俺、唐揚げ好きだな」

「はぁ……」

「今度、俺にも作ってよ」

ただの迷惑電話にしか思えなかった。どうしていいかわからず困っていると、リビングのドアが開いて、彼がお風呂から上がってきた。電話に気をとられていたため、驚いて心臓が飛び跳ねた。

「どうした？」

彼がそう発した直後、「葉月ちゃん？」という児玉さんの声が携帯から大きく響いた。

驚いたときに、誤ってスピーカーをオンにしてしまったようだ。

「おーい」

児玉さんが電話の向こうで叫んでいる。

その声を聞いた彼の目つきが険しくなる。まるで初めて会ったときのような目だ。

「葉月ちゃん、どうかした？　おーい」

「呼ばれてるぞ、男に。遠慮せずに出ろよ」

「え、えっと……」

彼は躊躇している私に、「話してる相手は俺じゃないだろ」と言って、自分の部屋に入るとドアを強く閉めた。

「葉月ちゃん、誰かいるの？」

「ごめんなさい」

児玉さんのことよりも、蓮池さんのほうがよっぽど大事だ。

失礼とはわかっていたが、慌てて通話を切った。それからすぐに彼の部屋の前に立ち、勇気を出してドアをノックした。部屋には入るなと言われたことを思い出したが、誤解をされたままでいるのはどうしても嫌だった。

「は、蓮池さん……」

少し待ったが、中から反応はなく、出てこない。私はもう一度ドアを叩いた。

「蓮池さん。葉月です。少しだけお話を……」

最後まで言い終える前に、ドアが開いた。そこからのぞく彼の顔は不機嫌そのものだった。

「なんだ、何度も。男はいいのか?」

久々に見た冷淡な態度に怯みそうになるが、思い違いをしていることをきちんと説明したかった。

「違うんです、さっきの人は……」

「別にいいんだぞ」

「えっ……」

「最初に言ったはずだ。俺はお前を縛らないから好きにしろと。覚えてないのか?」

彼の言葉が鋭く私を突き刺す。きっと、今私が何を言っても彼に届くことはないだろう。

「あの……夕食は?」

「後で食べる。急な仕事が入った」

彼は私を強く睨みつけると、私に背中を向けて机の上のノートパソコンを開いた。

「いつまでいるんだ?」

彼はこちらを向くことなく、椅子に座ってキーボードを叩き始めた。私は「失礼しました」と言って、部屋のドアを閉めることしかできなかった。

リビングのソファに腰を下ろし、私は膝を抱えて身体を丸めた。せっかく積み上げてきたものが、たった一本の電話が原因で、ゼロどころかマイナスになってしまった。好きだと自覚してしまっただけに辛い。せめてもの救いは、その気持ちをまだ彼に告げていなかったことだ。

一気に虚無感に襲われ、そのままソファに身体を預けた。頭の中は彼のことでいっぱいだった。

どれくらいそうしていたのだろう。そのまま眠ってしまったようだ。身体を揺すられていることに気がつき、まぶたを開けた。

「おい、寝るなら部屋で寝ろよ」

目の前には共哉さんの姿があって、私は飛び起きた。

「す、すみません」

「お前、飯も食ってないのか？」

口調はとげとげしかったが、言葉の端にほんの少し優しさを感じた。

「……はい」

「お前……待ってなくていいと言ってるのに……」

彼は頭を無造作にかきむしり、ため息をこぼした。

「あ、あの蓮池さん」

どうしても電話のことを説明しておきたい。

「なんだよ？」

「さっきの電話のことなんですが……彼は吹奏楽サークルの部長さんなんです」

思案しているのだろう。少しの間、沈黙が流れる。

「……お前、断ったんじゃなかったのか？」

「はい。そうなんですけど、私もなぜ電話をかけてきたのかわからなくて……」

私もその理由を誰かに教えてもらいたいほどだった。

「なんでお前の番号を知ってるんだ？」

「見学に行ったときに聞かれたんです。入部希望者には全員聞いていると言われて」

「そうなのか……」

「電話がかかってきたのは今日が初めてで、私もなぜかわからなくて……」

「大学では？」

「え？」

「よく会うのか？」

「……はい」

変に勘繰られたくなくて、ごまかしたかったけれど、隠し事は嫌だったので正直に話した。

「ふーん」

これで誤解は解けただろうか。さっきから彼の口調がだいぶ和らいでいるように感じられた。

「あの、夕食は……」

「食べるよ」

「すぐ用意します」

その後、夕食のテーブルで、児玉さんの話題がのぼることはなかった。


翌日の土曜日、彼の母親すなわち私にとって義理の母が突然訪問してきた。

大学が休みの私は、いつもより遅い時間に起きた。寝起き姿のまま、リビングをのぞくと、テーブルに義母の姿があって、一瞬で覚醒した。

「葉月さん、おはよう」

「お、おはようございます」

そう答えて、私は自分の格好を確認して即座に「すみません」と詫びる。

「いいのよ。連絡も入れずに訪ねた私が悪いの。そのままでいいわ」

私は無礼にもパジャマ姿のままだが、義母の向かいの椅子に腰かけた。

「朝ご飯はまだでしょ?」

「はい」

すると、義母は宮前さんに朝食を出すように指示した。彼女自身はコーヒーを頼んだ。

私だけ食事を取るのは気が引けたが、あらがうわけにもいかない。

「葉月さん、どう新婚生活は？」

「あ……」

「共哉、優しくしてくれてるかしら？」

私はたじろぎつつも、小さくうなずいた。

「奥さま、共哉坊っちゃんなら、毎晩葉月さんの作ったお夕飯を食べに早く帰っていらっしゃいますよ」

しかし、義母は何も言わず、私を見据えたままでいる。その瞳は共哉さんに似ている気がして、緊張感に包まれる。ようやく彼女が口を開いた。

「葉月さん、私はあなたから聞きたいわ。どう、共哉とは？」

「や、優しくしてもらっています」私の声は小さく震えていた。

「本当？」

「はい。毎日お忙しいのに、お夕飯を食べるためにここに帰ってきてくださいます」

「そう。夕食作りは苦痛ではないの？」

「はい。私が作りたくて作っています」

「そう」

義母に会ったのは結納以来で、そこまで親しくしているわけではない。彼女は頬を緩ませたが、その理由はわからなかった。

「意地悪はしてない？」

「はい？」

「共哉、冷たくしてないかしら？」

「意地悪なんてとんでもないです。とても親切にしてくださいます」

冷たかったのは以前の話だ。実際、最近は優しくしてもらっているように思う。

するとと義母の表情がわかりやすく緩んだ。彼女なりに私たちのことを心配していたのだろう。尋ねられたのが昔でなくてよかったかもしれない。

「よかった。あの子から言い出したんだもの」

「え、何のことですか？」

私は首を傾げて義母を見つめた。

「たくさんあったお見合い話から、あなたを選んだのは共哉だもの」

「え、そんな、嘘ですよね……」

彼の母親に対して失礼な物言いをしたことにも気づけないほど、私は動揺した。

「あら、私からこれはまだ言ってはいけなかったかしら？」

義母は楽しそうに笑うが、私は少しも笑えない。そして、私を選んだ理由については聞くことができなかった。

「それにしてもいいお部屋ね」

　義母は立ち上がり、窓の外を眺める。瞳と同様に、その横顔も共哉さんと似ていて、凛とした様子に見惚れてしまいそうになる。

「眺めもいいわ」

「はい。私が住むには本当にもったいないほどで……」

「あら、ここも共哉があなたのために探したのよ。葉月さんにぴったりだと思うわ」

「あ、ありがとうございます」

　義母は目を細めて微笑んだ。

「ねぇ、葉月さん」

「はい」

「休日は塔子さんを我が家に戻してもいいかしら？」

「え？」

「塔子さんがいなくなって寂しいの。家に家政婦は他にいるけど、彼女より長いお付き合いの人はいないから。お茶をする相手になってもらいたいの」

「もちろんです」

　共哉さんに知らせずに了承していいものか一瞬迷ったが、義母のお願いなのだから大丈夫だろう。

それから義母は一時間ほど雑談して、「共哉のこと、よろしくお願いしますね」と言って帰っていった。宮前さんも昼食の用意を済ませると、義母の後を追った。

急に一人になったリビングに落ち着かなくなる。共哉さんは当分帰らないだろう。

「フルートでも吹こうかな……」

それがひどく大きな声となって出たのは、寂しさを紛らすためだ。

私は服を着替えると、リビングでフルートを吹き始めた。久しぶりの音色に身体はすぐに反応し始め、夢中になった。

吹き始めて三十分ほど経っただろうか、急に視界の端に共哉さんの姿が映り込んだ。

「は、蓮池さん⁉」

私は演奏をストップして、フルートを膝の上に置く。

「初めて聴いたが上手いな」

「え⁉　いえ、そんな……」

まさか彼に褒められるとは思わないから、挙動不審になってしまう。顔が赤らんでいるのが自分でもわかる。

「なんだ、まだ吹いていいんだぞ」

「い、いえ……」

「いつも練習してるんだろ？」

たしかにそうだが、とてもじゃないが彼の前で吹き続けることなどできない。私は話をそらすために話題を変えた。

「蓮池さん、どうして今日は……」

「朝で仕事が片づいた」

「そうなんですか」

今まで彼は土曜の昼間に帰宅したことがない。彼にとって土曜も日曜も、ほぼ平日と同じような生活サイクルだった。

「お前、昼飯は？」

「まだいただいておりません」

壁掛け時計に視線を向けると、一時を回ろうとしていた。

「蓮池さんは？」

「俺も食べてない。塔子さんの飯があるんだろう？」

「あっ、はい。今、準備しますね」

宮前さんが不在なのに、理由を尋ねないところをみると、さきほどの件はすでに彼に伝わっているようだ。

「今日、母親が来たんだろ？　相手をさせて悪かったな」

「とんでもないです。私のほうがパジャマ姿で申し訳なかったくらいです」

言わなくていいことまで白状してしまい、自分の馬鹿正直さにも肩を落とす。

「気にするな。勝手に押しかけてきたんだ。お前のほうが迷惑だっただろ?」

「あ、いえ……そんなこと」

彼の母親は優しくて嫌ではなかった。だから、本心から首を横に振った。

「俺の母親、お前に何か言ったか?」

急に強い視線を彼に向けられて、心臓の鼓動が跳ね上がる。

「あ、えっと……」

「なんだ?」

「蓮池さんと、仲良くしてるかと……」

「それだけか?」

「あとは、大学のことです」

どちらも本当に尋ねられたことで嘘ではない。

「ふーん」

「それと、たぶん聞いていると思いますが、宮前さんが休日に来られなくなったことです」

「あぁ、それは大丈夫なのか?」

彼は私を心配するだけで嫌そうではない。

「私は大丈夫です。蓮池さんは？」

「俺は別に」

私と二人だけの日が増えても構わないと彼が思ってくれていることに安堵する。

そして、私たちはこの家に来て初めて一緒に昼食を食べた。明るい陽が差し込む時間を彼と過ごすのは、なんだか不思議な感じがした。

昼食を食べている間も、義母のことが何度か話題にのぼったが、唯一〝私を選んだのは彼〟と聞かされたことについては話さなかった。義母も共哉さんから口止めされているようだったし、私自身、理由を聞くのが怖かった。もう少し彼と距離を縮めることができたなら、そのときは聞いてみたいと思う。

昼食を終え、食後のコーヒーを運んでいると、彼が聞いてきた。

「お前今日の予定は？　何かあるか？」

「いえ。特に何も……」

休日に予定を入れたことは結婚してからまだない。

「それなら都合がいい。今夜は付き合え」

「えっ⁉」

「予定はないんだろ？」

「あ、はい」

もしかするとデートに誘ってくれているのだろうか。でも、期待すると失望も大きい。夢を見ないように、冷静になるよう自分に言い聞かせる。

「盛装用の服はあるか？」

「はい。少しは……」

「見せてみろ」

私は立ち上がって、自分の部屋に入り、クローゼットを開ける。彼が続いて入ってきたことに動揺する。

「どの服だ？」

「あ、はい」

彼は部屋ではなく服にしか興味がないようで、私は数少ない盛装用の服をベッドに置いた。

「なんだ。これだけか……」

「はい……」

彼が呆れた顔をするのは当然かもしれない。もともと私自身、今までの人生で盛装する機会はほぼなかった。他の家より裕福な家庭で育ったと思うが、彼が納得いくようないいものは持ち合わせていない。

「まぁ、そうだな」

「え？」

「いや。もう出よう。準備しろ」

「えっと、どれを着れば……」

私は失格の烙印《らくいん》を押されたベッドの上の服を見つめた。

「普段の服でいい。……でも、そのままじゃあれだろう」

彼の視線が私を上下する。今の格好はタオル地のワンピースというラフすぎる部屋着だ。急に恥ずかしさが込み上げる。

「すぐ着替えます」

彼は、そんな私を気にする様子もなく部屋を出て行った。結局、簡単に着られるワンピースにカーディガンを羽織ってリビングへ行く。

「お待たせしました」

スーツ姿の彼の横に立つには、相応しくないかもしれない。しかし、彼は「行くぞ」と言って玄関に向かった。私は〝意識しているのは自分だけ〟と言い聞かせて、覚悟を決めて後に続いた。

車の助手席に乗り、シートベルトを締める。いったいどこに行くのだろう。

車は三十分ほど走ると、コインパーキングに停車した。車を降りると、彼は「少し歩くぞ」と言って早足で歩き始めた。私は置いて行かれないように必死についていく。着いた先は私でも知っている有名なブランド店だった。

「蓮池さん、ここですか?」

「服を買うぞ。必要だからな」

「あ、はい」

服を買うのは、彼ではなく私のものだった。店のスタッフが値の張りそうな服を何着も持ってきては、私の身体に当てていく。その間、彼は離れたところにあるソファに座って携帯の画面を眺めている。少しすると、私はスタッフ二人と試着室に閉じ込められた。そして、彼女らが候補に残した服に次々と着替えさせられる。

まるで着せ替え人形のように様々なものを着せられたが、結局一番初めに試着した服がいいという結論に達した。それはとても自分では選ばないような大人っぽく上品なデザインのものだった。

ノースリーブのベージュのドレスはバストの下で切り替えが入り、ボディラインを際立たせるデザインで、普段よりスタイルがよく見える。その上にシルバーのラメが入ったストールを羽織ると、より女性らしさが増した。さらにパールのネックレスとイヤリングをつけ、足元に黒のヒールの高いパンプスを合わせる。鏡に映る姿は完璧だった。

しかし、そのゴージャスな装いを、童顔が台無しにしていた。首から上と下の違和感が悲しい。コーディネートしてくれたスタッフにも申し訳ない気持ちでいっぱいだった。すると、別のスタッフが声をかけた。

「奥様、ヘアメイクをいたしますね。このままでも素敵なお顔立ちですが、今日は大人の女性に仕上げますね」

化粧をしてもらえることで、わずかにホッとしたものの、不安は消えてくれない。普段はオークル系の日焼け止めを塗る程度のため、どのくらい化粧すれば垢抜けるのか想像もできなかった。

「普段、お化粧はされないのですか？」

「はい、あまりわからなくて」

「そうですか、素顔もおキレイですが、少し手を加えるだけで全く印象が変わりますよ。ほら、いかがです？」

私は化粧を施された鏡の中の自分を見つめた。そこには、見たことのない女性がいた。ブラウンのアイライナーのせいか、やや垂れ気味の目元はいつもより力がある。頬の高い位置に軽く乗せられたオレンジのチークと、ピンクの口紅が顔を明るく色づかせ、大人のムードを演出していた。

「次は髪を触らせていただきますね」

「はい……」

慣れた手つきで、髪が頭の後ろに一つにまとめられる。とはいっても、地味なひっつめ頭ではなく、サイドに後れ毛を残した無造作なルーズアップだ。まるで私ではないような トレンド感のある雰囲気に仕上がっている。

「おキレイです。とっても」

「ありがとうございます」

「今、旦那様を呼んできますね」

彼女は私に微笑むと、すぐに共哉さんを連れてきた。鏡越しに彼と目が合う。私は彼の反応が怖くて、とっさにうつむいた。

「どうですか？　おキレイでしょう」

「あぁ……」

お世辞かもしれないが、彼が肯定してくれるのを聞いて、私はなんとか顔を上げた。

彼の瞳には、ちゃんといつもより大人っぽく映っているだろうか。

「旦那様、このドレスだけでも素敵なんです。奥様スタイルがいいので」

スタッフの手でストールが取られる。彼の目の前だからだろうか、それだけでなんだか気恥ずかしい。

「お部屋は温かいでしょうから、このままでもいいかと思いますよ」

「あぁ、そうだな。お前はそれでいいか？」

私は彼のほうを振り返り、「はい」と大きくうなずいた。

「わかった。このまま着ていくから支払いを頼む」

「ありがとうございます。少々お待ちください」

スタッフはそう言うと、私たちを二人にして出て行ってしまった。

「あの……」

「なんだ？」

私は恐る恐る彼の顔を見上げた。

「変じゃなかったですか？」

すると彼は素っ気なく、「問題ない」と答えた。

「本当ですか？」

「あぁ」

「ありがとうございます」

「いい。必要だから買っただけだ」

店を出ると、私たちは来た道を戻った。格好が変わっただけなのに、来たときよりも背筋を伸ばし、心なしか堂々と自分が歩いているのに気がついた。

車まで戻ると、彼が助手席側に回ってドアを開けてくれた。そのスマートなしぐさと今の服装が、私をお姫様気分にさせてくれた。

車窓から外を眺めていると、見たことのある景色が広がり始めた。やがて車は彼とお見合いをしたホテルの駐車場に停まった。

「ここは……」

「昔からうちと付き合いのある医師が開院したんだ。そのパーティーが今夜ここである」

「パーティーですか……。あ、あの……」

不安でたまらなくなる。私は彼の妻の立場で出席するのだろうか。

「なんだ？」

「私もご一緒していいのですか？」

「そのつもりで連れてきたが」

その言葉に、喜びと緊張が私の中で混ざりあう。

「あの……蓮池さん」

「今度はなんだ？」

「私、こういう場に慣れていないんです」

「そんなかしこまった場じゃない。安心しろ」

そう言うと彼はドアに手をかけた。私は車から降りようとする彼の腕を掴み、引き留めた。衝動的な行動に彼が驚いたように振り返る。

「どうした？」

「会場にいる間、蓮池さんのそばにいてもいいでしょうか？」

〝かしこまった場じゃない〟と言われても不安だった。子供の頃は、人の多い場所ではいつも姉の背中に隠れていた。まして華やかな大人の場で通用する振る舞いを、自分ができるとは思えなかった。

「あぁ。お前がそうしたいなら」

彼がやや遅れて返事をくれた。安堵しながら車を降りると、彼が私の腰に手を添えた。私が驚くと、彼は「我慢しろ」と言った。

「嫌かもしれないが、妻と不仲だと思われたくないからな」

私は大きく首を横に振って否定した。

「嫌なんてとんでもないです。そうしてもらえるほうが安心します」

安心どころか嬉しくて、胸の鼓動が自分の耳に聞こえそうなほどだった。


開院祝いの花に囲まれた会場は多くの人で埋めつくされていた。出席者はみんな華やかな装いで、共哉さんに服を用意してもらえたことを改めて感謝する。手持ちの服では、恥ずかしい思いをしていたに違いなかった。

腰に手を添えられたまま会場の奥に進んでいくと、グラスを持った男性が「共哉」と声をかけてきた。

「小宮《こみや》、お前も来てたのか」

「久しぶり」

親しげに話しているところをみると、彼の友人だろう。その眼鏡をかけた男性の視線が私に向けられる。

「こちらが奥様?」

「あぁ。妻の葉月だ」

「は、はじめまして。妻の葉月です」

妻と紹介されて、慌てて挨拶をした。

「わ、可愛いね。噂には聞いていたけど若いし……」

〝噂〟とはどんなものだろう。気になるが、この場で確かめるわけにもいかない。

「先生はどこだ?」

「あぁ、あっちにいたぞ」

「行くぞ、葉月」

「は、はい」名前を呼ばれて、心が弾む。

「なんだよ。もう行くのか」

「また後でな」

友人は名残り惜しそうであったが、よかったのだろうか。しかし、私の胸中はそれどころでない。

「蓮池さん」

「〝共哉〟だ。今夜はそう呼べ。母親の前ではそう呼んだんだろ？」

義母はそこまで話したのかと思うと、私は恥ずかしくなった。

「すみません。つい……」

「構わないが、そもそもお前も蓮池なのにおかしいだろう。共哉と呼んでくれ」

「はい、共哉さん」

その通りのことなので、素直に呼んでしまう。

「あぁ。それでいい」

緊張したが下の名前で呼ぶと、それだけで一気に距離が近づいた気がする。しかし、彼からは動揺一つ感じなかった。

「あの人が今回の主役の先生だ」

彼の視線をたどると、グレーのスーツを着た中年の男性が立っていた。

「挨拶をするが、お前は俺の横にいればいいから」

「はい」

彼の一歩後ろについて、男性のもとへ歩み寄る。

「先生」

「やぁ、共哉君。来てくれたんだね。ありがとう」

「ええ、このたびはおめでとうございます」

「ありがとう。そちらは奥様かな？」

「はい、妻の葉月です」

私は深々と頭を下げた。先生は「美人な奥さんだね」とお世辞を言って微笑んでくれた。ところが、先生の隣にいる女性が私のことを鋭い目つきで睨んでいることに気がついた。その視線は強く、彼女が私を敵視しているのはあからさまだった。

「共哉さん、この方が女子大生の奥様なの？」

「ええ」

彼女はとても美人で、意志の強そうな顔つきをしている。胸元が大きく開いた真っ赤なドレスを着ていて、私とは違い、大人の女性の色気が隠しきれないほど漂っていた。

「はじめまして。恩地華《おんちはな》です」

「は、はじめまして。妻の葉月です」

その威圧感に声が上擦ってしまう。

「華は私の妹だよ。葉月さんと歳も近いから、話が合うんじゃないかな」

「あら、葉月さんとは七つも離れてるわ。共哉さんのほうが近いもの」

そう言うと、彼女は共哉さんを見つめた。その熱い視線は、共哉さんのことを〝好き〟

だと公言しているようなものだった。彼は無表情のままだが、私の心中は穏やかではなかった。

「ねぇ、共哉さん。ショックだったわ。いくらあなたが優しい人だとはいえ、困窮している百貨店の娘を助けるために結婚するなんて」

「えっ？」

「こら！　華、何を言うんだ」

先生が声を荒げる。恩地さんの言葉は共哉さんに向かって発せられたものだが、私へ向けた言葉に違いなかった。

「だってお兄様。私は長く共哉さんをお慕いしていたんですもの。それなのにこんな娘と……」

「華、やめなさい」

「やめないわ。だって急に共哉さんがご結婚なんて、私、ショックでたまらなかったわ。共哉さんと私、とても仲良くしていたでしょ」

「もうあきらめなさい。彼は結婚したんだぞ」

「構わないわ。こんな百貨店の娘より、私のほうが何倍も力になってあげられるのに」

きっと彼女の実家は裕福なのだろう。

しかし、彼女が言ったことは本当なのだろうか。私が知らないだけで、寿屋はそこまで困り果てていたというのか。

　考えてみると思い当たる点は多くある。昔ほど洋服は買い与えられず、家政婦の数もどんどん減っていった。もしかすると姉の家出も関係していたのだろうか。ショックで身体の力が抜けるようだ。

「共哉さん、私、バツイチでも平気よ」

「華さん、俺は葉月と結婚したんです」

「でも、まだお式は挙げてないんでしょ？」

「まだ妻が学生なので今は考えていませんが、時期を見て挙げます」

　それは本心なのかわからないが、彼がかばってくれていることだけはわかる。

「私とならすぐ挙げられるわ」

「華、もうよしなさい。すまないね、共哉君、葉月さん……」

「先生、少し失礼します。また後ほど、お声をかけさせてください」

　彼は私を強く支えるようにして外に連れ出した。

「まだ明るいな」

　ホテルの庭には秋桜《コスモス》がたくさん植えられていた。しかしそれらを穏やかに観賞できる心の余裕はない。

「座るか？」

彼は私を石造りの椅子に腰掛けさせた。冷ややかな感触がお尻から伝わってきて、寒気さえする。彼も私の隣にゆっくりと腰を下ろした。

「大丈夫か？」

彼は私の顔をのぞくが、何も答えられない。

「葉月、さっきの話は本当だ。もう隠せないから言うが、お前の実家の百貨店は赤字で倒産寸前だった」

「嘘……」

恩地さんの口から告げられるより、彼から聞かされるほうが衝撃は大きい。

「本当だ。嘘じゃない」

「そんな、ひどい……」

「お前をもらう条件で、かなりの額をお前の家に投資した」

すべては寿のために、私は父に利用されたのだ。普段、仏頂面《ぶっちょうづら》の父がお見合いの席で見せた笑顔も、嫁ぐ私を手放しで喜んでいたのも、そういうことだったのだ。

今すべてが繋がって、言いようのない悲しみが私を襲う。あの強気な恩地さんの発言はすべてそのとおりだということだ。

「恨むなら俺を恨んでいい。だから、好きにして構わない。俺のことは気にしないで好きなヤツと付き合えばいいよ」

それは初めに言われた言葉だった。どうして今、彼はそんなひどいことを言うのだろう。私の心は粉々に壊れそうだ。

「早く身を固めろと言われる毎日が、俺は煩《わずら》わしかったんだ。だからお前との結婚は都合がよかった」

「都合……」

「あぁ。お前と結婚したことでうるさく言うヤツはいなくなった。俺はお前を利用したんだよ」

「そんな……」

私は事実を突きつけられ、言葉を失う。

「葉月の父親から縁談を持ち込まれたのは、ちょうどいいタイミングだった。だから、その話をのんだ」

「……誰でも、よかったのですか？」

彼を好きになってしまった今、肯定されたなら私はどうしたらいいのだろう。

長い沈黙が訪れる。悲しい答えなら聞きたくなかった。

「お前を選んだのは……」

ようやく彼が口を開きかけたとき、彼の携帯がけたたましく鳴った。

「どうぞ」

彼が「悪い」と言って電話に出る。私はその横で、たまらず両手で顔を覆った。

「行くぞ。両親が来たらしい」

「え……」彼はうつむく私の手をとり、力の入らない私を立ち上がらせた。結局、彼の答えは知ることができぬまま、会場に戻ることになった。

「葉月さん」

「お義母様……」

涙があふれそうになるのを堪えて、必死に笑顔をつくる。

「今日は急にお邪魔して悪かったわね」

「いえ、たいしたお構いもできませんで、申し訳ありませんでした」

私は上手く笑えているだろうか。胸の痛みを気がつかれていないだろうか。

「母さん。俺、先生と話してくるから、葉月を少し頼む。いいか、葉月？」

「はい……」

あんなに彼の隣から離れたくなかったのに、今はホッとしている自分がいた。

「葉月さん、素敵ね。それ、あの子が？」

「え、ええ。すべて揃えていただきました」

いつもよりキレイになって浮かれていた気持ちは、すっかり忘れていた。

「そう」

義母に柔らかい笑顔を向けられて、たまらずうつむいた。

「あの子もこんなことするのね」

「可愛くて仕方ないんだろう」

二人の言葉が私を苦しめる。

「葉月さんがお嫁に来てくれて、本当によかったわ。あの子、あと十年は結婚しないと思ってたもの」

「そうだな。次は孫だな」

「そうねぇ。楽しみだわ。私たちは在学中でも構わないのよ」

はにかんで私を見つめる。二人は共哉さんが私に言ったことを知らないのだ。私と彼の子供を純粋に望む姿に、胸が締めつけられる。

「すみません、私、お手洗いにいってまいります」

「ええ、場所はわかる?」

「はい、大丈夫です。申し訳ありません」

その場を逃げ出したものの、行く当てもなく、さっき共哉さんと座ったベンチに向かった。腰を下ろすと、またしても寒さが身体に染みわたっていく。

どうして今頃になって知ってしまったのだろう。悲しみの度合いは、好きだと知る前のほうがきっと軽かったはずだ。

蓮池葉月となった今、もう後戻りはできない。私はこうして声を殺して泣くことしかできない。

「葉月……」

どれくらい泣いていたのだろう。うつむいていた視線の先に、キレイに手入れされた革靴が映る。誰のものかはすぐにわかった。

「大丈夫か？」

何も答えずにいると、共哉さんの優しい声が私の耳に届く。

「葉月、すまない。お前がしたいことはなんでもすればいい。フルートも恋愛も……。俺のことはただの同居人だと思ってくれて構わない」

彼なりの償いの言葉をかけられ、頬に伝う涙を手で拭う。すると、彼の手が私の頭に触れた。

「今日はこのまま家に帰ろう」

私が小さくうなずくと、髪を優しく撫でてくれた。

「ここで待ってろ。みんなに断りを入れてくるから」

彼はスーツの上着を脱いで私の肩にかけると、館内へと戻っていった。

共哉さんが両親に何と言ったかわからなかったが、戻ってくるのにそう時間はかからなかった。

駐車場に向かい、再び車に乗る。会場に行くまでの浮かれていた気分を思い出すと、今との落差に悲しさが込み上げる。走り出した車内はお互い押し黙ったままで、空気はひどく重かった。

どれくらい走っただろうか、先に沈黙を破ったのは彼だった。

「腹減ったか？　何も食べてないだろ」

「……はい」

彼に言われるまですっかり忘れていたが、そう言われると急激にお腹が空き始める。

「店に寄るか？」

「……」

彼と二人で外食するのは初めてのことで、私は戸惑った。

「馴染みの店がある。個室だから気を遣わなくていい。どうせ今から支度するんじゃ、食べるの遅くなるだろ」

「はい……」

私の返事を聞くと、彼は道の端に車を停め、店に予約の電話を入れた。そして、また車を走らせた。

彼が連れて行ってくれた店は、まだ姉が家にいた頃、一度だけ家族でも来たことのある料亭だった。彼が引き戸を開けると当時と変わらずヒノキのいい香りがして、懐かしい気持ちになる。

中年の女性が「蓮池様、お待ちしておりました」と笑顔で出迎える。私は自分の顔が涙でひどい状態になっていると思い、顔を下に向けた。

「おいで」

もう仲の良い演技をする必要はないのに、自然と彼の手が腰に回される。ひどいことを言われた後なのに胸が波打つなんて、恋心は冷めていなさそうだ。

通された部屋は一番奥の個室で、彼とテーブルを挟んで向かい合わせに座った。

「何が食べたい？」

「何でもいいです」

彼は手慣れた様子で、コースメニューを頼んでくれた。

「この店は来たことがあるか？」

「はい。昔、家族と……」

「そうか」

「はい……」

そのまま会話が途切れる。今の私たちに家族の話は厳禁だ。特に私の父のことは、彼も触れたくないだろう。料理の一品目が届くまでお互い無言だった。

一品目に出てきたのはトマトを練り込んだ豆腐と、上品に切り込まれているキュウリとワカメの入ったもずくの酢の物だった。

「いただきます」

口に運ぶと、ほんのり甘い味が広がった。

「美味しい……」私が思わず漏らした声に、彼が「そうか」とすぐに返す。きっと彼も沈黙を気にしていたのだろう。

「甘味があって美味しいです」

「そう。よかった」

彼も少し気持ちが落ち着いたのか、ホテルにいたときよりも、ずっと穏やかな表情を見せる。

「お前、こういう物も作れるのか?」

「これ、ですか?」

「あぁ」

話を何とか繋ごうとしてくれている彼に、私は真剣に考える。

「どうでしょう……。ただ、見よう見まねで、外で食べたお料理を再現することはあります」

「それはすごい特技だな」

「もしお好きなら挑戦してみます」

「あぁ、頼む」

「共哉さん、トマト好きですものね」

サラダのトマトはもちろん、ミネストローネやトマトの煮込み料理のときは食べるペースが速いので、彼の好みだと確信していた。

「よくわかったな」

「なんとなくです」

彼のことが好きで観察していることを今はバレたくなかった。昼間までは伝えたかった気持ちを、胸の一番奥にしまい込む。

「このお店の方、共哉さんの好みをよく知ってらっしゃるんですね」

「まぁ……」

二品目の茶碗蒸しも彼の好物である。それから次々と運ばれてくる料理も彼の好物に違いないと思い、心にメモする。ふとそんな自分に気がついて、私は彼を嫌いになれそうもないと自覚する。

料理はすべて素晴らしい味で、最後の品である鯛茶漬けを完食した私は、満足してお腹をさすった。

「すごく美味しかったです。お腹いっぱいです」

「そうか……」

しかし、彼は大満足という様子ではなかった。不思議に思っていると、その理由はすぐにわかった。

「失礼します。デザートをお持ちしました」

「わ、ショートケーキ……」

彼が頼んでくれたのだとすぐにわかった。

「はい。こちらはクリームに豆乳を使っております」

「美味しそう……」

「食べられるか？」

「はい」

ケーキは別腹だ。私が微笑むと、彼も口の端をわずかに上げた。

初めて口にする豆乳のケーキはさっぱりとしていてとても美味しい。

「美味しいですよ。共哉さんは食べられないのですか？」

彼は自分の分に手をつけないままでいた。

「葉月、まだ腹に入るか？」

「え？」

「俺のも食えよ」

彼は私のほうにケーキを差し出した。

「共哉さん、召し上がってください」

食べられないことはないが、彼にも味わってもらいたかった。

「お前、好きだろ？　俺はお前ほどじゃない。これくらい食べられるだろ」

「食べられますけど、私ばかりじゃ悪いです」

そう言うと、彼は少し考えてから言った。

「じゃあ、一口だけ味見させてもらおうか」

「え？」

「それでいいから」

彼は私の手元に視線を移した。私の手には一口分のケーキを乗せたフォークが握られていた。私は普段と変わらない調子で「これですか？」と聞き返したものの、狼狽《ろうばい》する。

しかし次の瞬間、彼が向かいから手を伸ばして私の手を掴むと、そのまま彼の口へそれを運んだ。

「こんな味なのか……」

彼はそう言うと、私の手を離した。なんて大胆なことをするのだろう。

「おい、葉月？」

「は、はい。あ、どうですか？」

私はパニックを起こしていた。彼の手が重なったうえ、たった今、彼の口に触れたフォークを私は握っている。こういうときは、未使用のフォークに替えるべきかと一瞬迷うものの、それは失礼な行為かもしれないと思い直す。

「で、ではいただきますね」

「あぁ」

私は握りしめすぎて熱を持ったフォークを口に入れた。思いのほか激しく突っ込んだようで、フォークの先で自分の舌を突いてしまった。

「痛っ……」

私は舌先を少し出して、口元を押さえた。

「おい、大丈夫か?」

彼は立ち上げると、私のすぐ隣に移動して、横から顔をのぞき込んできた。

「舌を刺したのか?」

私は首を縦に何度か振った。

「ほら、これをゆっくり飲め」

彼は私の背中に手を回して、湯呑みを口の近くまで差し出してくれた。私はそれに甘えて口に含む。血液独特の味がして顔をしかめてしまう。

「どうだ?」

「ありがとうございます。大丈夫です」

そう言って彼のほうを見ると、顔がすぐそばにあって、慌てて自分の手元に視線を戻す。胸が激しく波打ち、頬が火照る。

「口、開けてみろよ」

しかし、彼は私の顔をのぞき込もうと、より距離を縮めて顔を近づける。私が目をつぶると、何かが私の唇に触れた。私の身体はその冷たい感覚にわずかに震える。きっと小さく開けた唇も、震えているに違いない。

「舌が赤くなってるな。慌てすぎだろう」

「すみません……」

なんて私はおっちょこちょいなのだろう。彼は私の舌を見てくれようとして、指で唇に触れただけだ。動揺しすぎたことが恥ずかしい。

「謝る必要はない」

「はい。ありがとうございます……」

どうして彼はこんなに優しくしてくれるのだろうか。さっきのホテルでの悲しい出来事を思い出すと、余計に辛くなる。

「食べられるか？」

「はい、大丈夫です」

彼は安心したように目を細めると、立ち上がって自分の席に戻った。隣りから正面に移動しただけなのに、ひどく寂しく感じる。

「ゆっくり食べろよ」

「はい」

私は注意しながら、ケーキの続きをゆっくりと口に入れた。

「葉月、付いている」

「え?」

彼は自身の唇の横を指さして私に教えた。私は指摘された場所を指でこする。

「反対だよ」

「あっ……」

「取れました?」

私は逆側の同じ場所をこする。

彼は「いや……」と言って表情を緩めた。

「取るぞ」

彼の手が伸びてきて、私の唇のすぐ横に触れた。彼の指に付いたクリームは彼の口の中に消えた。

「やっぱり甘いな」

この人はひどい男だ。私はやはり彼を嫌いになれない。いったい彼はどんな思いで、私に優しく接しているのだろう。

「ごちそうさまでした」結局、私は完食して手を合わせた。

「舌は痛まないか？」

「はい」

彼に気遣われると勘違いしてしまいそうで、目をそらして、膝の上で拳を作った。

「なぁ、葉月」

私はゆっくりと彼に視線を向けた。彼の瞳は真剣なものに変わっていて、私は何を言われるのか、緊張して身構える。

「ホテルでも言ったが、お前の好きにしていいからな」

ずっとそればかりだ。私の好きにしていいと言うのなら、私は彼とこのまま変わらず過ごしたい。寿のことも忘れて、ただ彼のそばにいたい。

「共哉さん……」

私の中に生まれた感情を伝えてもいいだろうか。

「なんだ？」

「私、お言葉に甘えて好きにします」

彼の瞳がわずかに大きくなる。

「あぁ……」

「だから、明日からも変わらず家で食事を作ります」

彼は一瞬大きく目を見開くと、すぐに首を横に振った。

「無理をしなくてもいい。もっと……」

「無理とかではなく、私が好きでしたいんです。ダメですか？」

ぷつりと会話が途切れ、時間が止まったような静けさが二人を覆う。実際には数秒のことだったかもしれない。彼は小さく息を吐くと、穏やかな声で言った。

「お前がそうしたいなら好きにしろ」

彼ならそう言ってくれると思っていたから、私は「はい」とすぐに返事をした。

彼に好きになってもらえる日が来るかはわからない。でも、私は自分の気持ちに素直に生きていきたいと思う。


帰りの車中はそれなりに話が弾んだ。

高価なドレスやアクセサリー、さらに夕食代も支払ってもらった私はなんだか申し訳なくて、アルバイトに出ることを提案してみた。すると、あれほどなんでも好きにしていいと言っていた彼がＮＧを出した。

「俺の妻であるのに働いているなんて、どう思われるかわからないだろ？」

彼ほどの経済レベルになると、どうやらそういう問題も出てくるらしい。

「わかったか。アルバイトしようなんて考えるなよ」

「はい」

彼の強い要望に負けて折れると、運転している彼の片手が伸びてきて、「いい子だ」と頭を撫でた。

鼓動は跳ね上がるが、気持ちを落ち着かせるため、胸に手を当てて深呼吸すると、彼が「大丈夫か？」と尋ねてきた。

「あ、大丈夫です」

「車に酔ったなら、休憩するぞ」

「いえ。それより共哉さんこそ、運転疲れませんか？」

私はごまかすため、とっさに話題を変えた。

「いや、大丈夫」

「私が運転できたらいいのですが……」

思えば、私も運転できる歳であるが、今まで免許の必要性を感じていなかった。

「お前はいい。免許を取るのはやめておけ」

「あ、はい……」

「俺の母も、祖母も運転免許は持ってない。運転手もいるし、俺もいるから必要ない」

そう念を押されると、うなずかずにはいられなかった。

マンションの駐車場に着くと、私は運転席の彼に頭を下げた。

「今日はありがとうございました」

「こっちこそ付き合わせて悪かったな。また今夜のような機会が……とにかくお疲れ」

これからも二人で出席したほうがいい場があるのだろう。でも、彼は私を気遣って、〝出席してほしい〟と口にするのを遠慮したように感じた。

だから、私から口にした。

「今夜は共哉さんと出かけられて楽しかったです。こんな私でよければ必要なときは誘ってください」

自分の推測が正解だったのかわからない。ただ、彼は穏やかな表情で「ありがとう」と言ってくれた。

玄関のドアを開けると、肩の力が抜けるのがわかった。やはり、ここが私の帰るべき場所なのだと実感する。

「お風呂にお湯溜めますね」

「あぁ」

昨日まで宮前さんがしてくれていた作業だが、休日は今夜から私の仕事になる。しかし、実のところは、料理以外の家事をほとんどしたことがなかった。

宮前さんのやり方を思い出して、スポンジを手に浴室に入る。浴槽の中と浴室の床に洗剤を撒《ま》いていると、彼が顔を出して「なぁ」と声をかけた。

「はい、あっ……」

「おい！」

振り向く際に洗剤に足を滑らせてしまった。床にひっくり返ると覚悟して目を閉じたが、間一髪で彼が腕で抱きかかえてくれた。

「す、すみません」

「大丈夫か？」

「だ、大丈夫です」

私は恥ずかしくて、すぐに身体を起こそうとした。けれども、それが余計にバランスを崩すことになって、なかなか起き上がれない。

何度も滑っているうちに、彼と抱き合うような格好になってしまった。

「すみません。こんな風に助けてもらうなんて本当に恥ずかしいです」

嫁ぐ前にもっと家事を学ぶべきだったかもしれない。好きなことにばかり関心を向けていたことを悔やむ。いっそここで料理以外の家事の経験がないことをカミングアウトしておいたほうがいいかもしれない。

「あ、あの私、お料理以外の家事の経験がないんです。呆れますよね。今まで機会がなかったものですから……」

料理とのギャップがありすぎて、私は失望されると想像していたが、彼は神妙な表情のまましばらく黙った。

「共哉さん？」

「お前、彼氏は今までいなかったのか？」

「え？」

予想外の彼の言葉に、なぜ急にそんな話になったのか、私は首を傾げる。

「お前の父親から誰とも付き合ったことがないと聞いていたが本当なのか？」

父がそんなことまで話していたことに驚く。もっとも、お見合いとはそういうものなのかもしれない。

「はい。今までお付き合いした人はいません」

「そうか」

「はい……」

私の視線の先の彼は無表情に近く、何を考えているのかわからない。少なくとも世間一般に想像する十八歳と私は違うと認識しているはずである。

どれくらい彼の顔を見つめていただろう、急に足元に広がる洗剤の冷たさに寒気を覚え、くしゃみが出た。

「風邪ひくから出るぞ」

彼は強引に私の手を引いて、リビングまで連れて行った。

「そんな薄着では寒いだろう。着替えたほうがいい」

「え、あっ……」

お風呂掃除を始める前に、彼に買ってもらったドレスを汚さないように脱いだことを思い出す。改めて自分の格好を確認すると、ドレスと同じ色のビスチェタイプのインナー姿だった。ドレス姿よりも露出が高い。救いなのは透け感が控えめなことと、膝より丈が長めなことくらいだ。

「ほら、着替えろ」

彼は私の背中を押して、部屋に押し込んだ。私は目についたカーディガンを羽織り、掃除の続きをするために、すぐに部屋を出た。

リビングに彼の姿はなかった。きっと、自分の部屋にいるのだろうと思いながら浴室に向かった。

「と、共哉さん！」

「何だ」

彼はスーツの裾を捲《まく》り上げて、浴室の掃除をしていた。父はまず家事をしないから、男性に家事を手伝わせるというのは、私の中であり得ないことだった。

「お風呂は私が……」

「もう終わる。あっちに行っとけ。水がかかるぞ」

彼はシャワーの水を浴槽にかけ始める。

「い、いえ。後は私がします。共哉さん、貸してください」

私は彼からシャワーを奪おうとした。するとまたしても、床に広がった泡で足を滑らせてしまった。

「キャッ!」

「おいっ」

私は今度こそバランスを崩して尻もちをついてしまった。しかし、彼が私をかばって上半身を受け止めてくれたから大事には至らなかった。その代わりに彼自身は、シャワーの水をひどく被ってしまった。

「ご、ごめんなさい」

私は急いで身体を起こし、「大丈夫ですか?」と尋ねた。

「あぁ……」

彼はゆっくりと立ち上がった。

「すみません。ビショビショですね……。私、タオルを持ってきます」

浴室を出ようとすると、彼に腕を引かれた。

「いや、いい。もうこのまま風呂に入るから。お前は身体を拭けば大丈夫そうか?」

考えてみるとたしかにそれが最善である。

「はい。本当にすみませんでした」

「いいから、お前も早く拭けよ。それとも一緒に入るか?」

「え?」

「……冗談だよ。ほら、出ろよ」

「あ、はい」

私はリビングに戻ると顔を両手で覆って座り込んだ。恥ずかしくて仕方ない。バスローブ姿で彼がお風呂から上がって来ると、顔を合わせられなかった。

「私も入ってきます」と、視線も合わさずに浴室へ向かった。

浴槽に入ろうとしたとき、お湯が溜まったことを知らせる音が響いた。ということは、彼自身はシャワーで済ませたということだ。彼は私のために溜めてくれたのだ。

普段は冷たく見えるのに、どうしてこんなに優しいのだろう。そのお風呂は身体だけでなく心までも温めてくれた。


翌朝の日曜日。宮前さんは来ないとわかっているから、私は早めに目覚ましをセットしてベッドから抜け出した。朝のキッチンに立つのは初めてで、なんだか違う家にいるようだった。

昨夜、共哉さんから今日は休みだと聞いていた。彼が日曜日に丸一日休みをとるのは、ここで暮らして以来、初めてのことだ。仕事やゴルフの付き合いで、たいてい朝早く家を出て、帰りは夕方か夜になるのがほとんどだった。

私は冷蔵庫の扉を開け、朝食の献立を思案する。彼はパン派だろうか、それともご飯派だろうか。結局、悩んだ末、どちらでもいいように両方を用意してしまう。朝だというのに並べてしまった料理は、とても二人分ではない。

「おはよう」

「おはようございます」

「これ、すごいな……」

はりきりすぎたのが丸わかりで恥ずかしい。

「作りすぎてしまったんです」

「そう、ありがとう」

彼が口元を緩めながら言う。昨晩と変わらない優しい彼に、私は心を弾ませる。顔を洗いに行った彼が洗面所から戻ってくると、朝食を前に二人で手を合わせた。

彼は初めに味噌汁を一口飲み、卵焼きを口に運ぶ。

「どうですか？」

彼が「悪くない」と答える。お決まりの台詞に私は苦笑いする。

特に会話が弾むわけではないが、のんびりした空気が流れ、今日はいい日になる予感がした。高層階の窓から見える空も澄みわたっていた。

あまりにもいい天気なので、朝食を済ませると洗濯をすることにした。

スタートボタンを押すだけと甘く考えていたが、洗濯機はコースの設定がいくつもあって私を困らせた。自分のものだけなら最悪どうなっても構わないが、彼のものもあるので安易に試せない。

洗濯機を前に迷っていると、彼に見つかってしまった。

「洗濯機、使ったことないのか？」

「あまり……」

私はきまりが悪くて、目を伏せる。

「俺も詳しくないが、普通に回すならたぶんこれでいい」

「はい」

注水が始まり、洗濯機が動き出す。

「干したことは？」

私は答えづらくて、無言で小さく首を横に振る。

「まぁ、実家暮らしだったもんな」

彼は私の頭を軽くポンと叩いてフォローしてくれる。世間知らずなことが彼に知られて恥ずかしいのに、私は幸せな気持ちに包まれる。

洗濯が終わり、服を取り出していると、「俺も干すよ」と彼が手伝いにきてくれた。洗濯カゴを持って、二人でベランダに出る。朝のお日様の匂いが鼻孔をくすぐり気持ちがいい。天気は終日晴れであるらしいから、よく乾きそうだ。

「葉月、使い方わかるか？」

「え？」私のすぐ横で彼は手にハンガーを持っていた。まさかと思うが彼は真面目に尋ねている様子だ。さすがに服をかけるのにハンガーは使う。

「だよな、悪い……」

私は彼にからかわれたのだろうか。可笑しそうに笑う彼に、どんな顔していいかわからず唇を尖らせる。すると、彼は手を私の頭に乗せ、「悪かった。しょげるな」と優しい口調で言われる。

私はますますどんな顔をしていいのかわからなくなる。

洗濯カゴの上から順に干していると、彼の下着を手にしてしまった。二人の洗濯物だから彼のものが出てくるのは当たり前のことである。もちろん、その逆もあるということだ。免疫のない私は、顔が熱くなるのを自覚する。

「共哉さん……」

「どうした？」

「あの……お洗濯物、私のものは私が干していいですか？」

「構わないよ」

　きっと下着くらいで動揺する私は子供に見られているに違いない。しかし、普通でいられないのが今の私だ。

「じゃあ、これは俺の担当だな」

　今朝の彼は少し意地悪である。わかっているはずなのに、私に確認しながら下着を手に取って見せるのだ。私が顔を赤くすると、彼は柔らかく微笑んだ。

「悪い。お前が初々しいから、ついからかいすぎた」

　そして、彼はまた私の頭に手を置いた。これが彼は好きなのだろうか。私は嬉しい。

　干すのを再開してすぐ、自分のブラジャーが出てきた。恥ずかしいので、私はそれを素早く自分の背中に隠す。

　けれども、彼に目撃されてしまったのだろう。彼は真剣な表情で「女性の下着は洗濯ネットに入れるんじゃないのか？」と言った。

「えっ⁉」

「変形するらしいぞ」

　まさかそんな知識を披露されるとは思いもしなくて、私は固まった。たしかに洗剤入れの隣に白いネットがあった気がする。何のために使うものか、やっと理解した。

すべて干し終わると、私は紅茶を淹れた。ソファに座って新聞を読んでいる彼にカップを差し出す。窓から差し込む日の光がリビングを明るく照らし、穏やかな空気が私たちをまとう。

「お手伝いありがとうございました」

「いや、たいして手伝ってないよ」

「そんなことはないです。共哉さんが助けてくれなかったら、今まだ洗濯機を眺めていたかもしれません」

私はあり得そうで苦笑した。すると彼も可笑しそうに小さく笑う。

「さすがにそれはないだろう」

「そ、そうですかね？」

もっと彼の笑う顔が見られたらいい。私の胸は彼のことで満たされる。

「まぁ、いろいろすぐに覚えるだろ」

「私、頑張ります。お料理以外の家事も、共哉さんに呆れられないように勉強します」

私は気合いいっぱいに両手で拳を作り胸につけた。そのポーズが可笑しかったのだろうか、彼が吹きだした。

「ところで葉月、今日、これからどうするつもりだ？」

「特に何も考えていません……」

「予定がないなら、昼飯でも食いに出かけるか？」

「え？」

「嫌ならいいが……」

「行きます！」

昨日に引き続き彼と出かけられるなんて、これ以上嬉しいことはない。私は早速準備を始めた。

一番の悩みは化粧をどうするかだった。自室にあるドレッサーの鏡の中の自分と、しばらく見つめ合う。一応、化粧道具は母に持たされたが、まだ不慣れなため、上手くできる自信はない。それに急に化粧をしだしたら、彼はどう思うのだろう。

私は悩んだあげく、いつもどおり日焼け止めに、軽くベージュのパウダーをはたいた。唇には香りのいい色つきリップを塗った。

ファッションは秋らしさを意識して、ボルドーのワンピースに、グレーのカーディガンを羽織った。髪の毛はハーフアップにし、黒いリボンのバレッタで留めた。少しでも彼につり合うよう、大人っぽく見せたい。

部屋を出たのは彼と同時だった。

「準備はいいか？」

「はい」

彼は黒のコットンジャケットにインナーには白いTシャツを合わせ、デニムを穿いている。シンプルなのにオシャレに見えるのは、彼自身の素材がいいからだ。

隣に並んで変ではないだろうか。私は自分のつま先から首の下まで、何度も視線をめぐらせ再確認した。

「じゃあ、行くか。俺がよく行く店でいいか？」

「はい。お願いします」

これはデートと言っていいのだろうか。自然と胸が高鳴る。

昨日乗ったばかりの彼の車は、太陽の光を浴びて、シトラスの香水のような香りを強く感じる。

私は気づかれないように彼を盗み見る。休日仕様の下ろした髪は指どおりがよさそうで思わず触れたくなる。普段のオールバックも素敵だが、私はこちらのナチュラルヘアのほうが好きかもしれない。ハンドルを握る手は厚みがあって、私の手よりふた回りは大きい。その手の甲には血管が浮き出ていて、キュンとさせられる。

ジャケットの下に隠された腕はきっと筋肉が程よくついているのだろう。掴んだらぶら下がれるのだろうか――。そんなことを考えていると、サイドミラーに映る、頬をやや赤く染めた自分と目が合う。果たして彼に相応しい女性になれているのだろうか。私は密かにため息をつく。

　彼が連れて来た店は、私の通う大学近辺のレンガ造りの洋食屋だった。中に入ると、「あら、いらっしゃい。久しぶりね」と年配の女性店員に迎えられた。

　彼女は私に一度視線を向けて小さく頭を下げると、私たちを窓際の一番奥の席に案内してくれた。窓からは遠くのほうに大学が見える。

　彼女はお水とメニュー表を持ってくると、「可愛い彼女ね。女の子を連れて来るのは初めてじゃないの？」と、彼に言った。もしそれが本当ならとても嬉しい。

「はい。でも、彼女ではないですよ」

　彼の言葉に私の心はすぐ萎えてしまった。やはり、子供の私とカップルに見られるのは嫌なのだろう。

「俺の妻です」

「あら、結婚したの？　おめでとう」

「ありがとうございます」

　私はまさか彼が妻だと紹介するとは思わず、気恥ずかしくなる。

「ゆっくりしていってね。注文が決まったら呼んでちょうだい」

　私に優しい笑みを向けると、彼女は店の奥に戻っていった。

　彼はメニュー表を開いて、私のほうへ見せながら「何にする？」と尋ねる。

「人気なのはオムライスだ」

　メニュー表には何種類ものオムライスの写真が並んでいる。

「共哉さんは？」

「俺はこれ」

　彼が指さしたのは、ハンバーグの乗ったオムライスだった。

「美味しそうですね。私もそれにしようかな……」

「同じものにするか？」

「あっ、でも、このクリームソースも美味しそうです」

　私は優柔不断なほうだ。すると彼が「俺もそれ気になるから頼めよ。半分ずつ分けよう」と言った。

　私がうなずくと、彼はすぐに注文してくれた。

　同じタイミングで出てきた二人のオムライスは、卵の半熟加減が絶妙で、私好みだった。

「食べるか」

「はい」

　それぞれ半分食べてお皿を交換したときは、彼の口づけたスプーンが半分にした部分を、最後まで残すくらい意識してしまった。

私が食べ終わったのを見計らったように、先ほどの店員が私たちにアイスの入ったお皿を置いた。

「たいしたものじゃないけど、これお祝い。手作りのゴマアイスよ」

「ありがとうございます」と二人で声を合わせる。

家族以外の人に結婚のお祝いをされたのは初めてのことで、私はとても感激した。

「とてもよくしてくださるんですね」

「あぁ、昔からだよ」

私たちは食後のコーヒーまでサービスしてもらった。

店を出る前に、私はトイレに席を立った。しかしそこで、会いたくない人に遭遇してしまった。

「葉月ちゃん？」

「児玉さん……」

「偶然だね！　お昼食べに？」

私は「えぇ」とうなずいてやり過ごそうとしたが、それは叶わなかった。

「僕はサークルの仲間たちと来てるんだ」

「そ、そうなんですか」

「葉月ちゃんは誰と？　もしかして一人？」

ここは事実を言ったほうがいいのだろうか。しかし、児玉さんに共哉さんのことを話すと、いろいろ追及されて面倒なことになると思った。

「いえ、家族と……」

嘘ではない。夫である彼は私の家族だ。

「へぇ、そっか」

「はい。すみません、待たせているので失礼します」

一方的に会話を終わらせて、トイレに入った。そのまま出てくるのを待っているのではないかと心配したが、児玉さんの姿はなかった。

私は席に戻り、共哉さんの前に座った。すると、どの席にいたのだろう。児玉さんが「葉月ちゃん」と言って現れた。

「こ、児玉さん」

「ここにいたんだ。気がつかなかった」

私はどうしていいかわからず、共哉さんに視線を向けた。彼は無表情のまま、テーブルのどこか一点を見つめている。

「はじめまして。僕は葉月ちゃんと同じ大学の児玉義也といいます。彼女が吹奏楽サークルの見学に来てくれたときに知り合いました」

「な、なんで……」

突然、児玉さんが自己紹介を始めるので私は焦った。共哉さんは一応「どうも……」と答えたが、その声は明らかに不機嫌だ。

「いやぁ、お兄さんカッコいいね。葉月ちゃんも可愛いし、兄妹で美形だね」

勘違いされる言い方をしたのは私である。児玉さんに事実を話していないことを共哉さんに知られてしまった。

「あ、あの児玉さん。それは違……」

私は真実を伝えようと思ったが、「義也、そろそろ行くぞ」と彼の仲間の声がしたため、弁解するタイミングを逃してしまった。

「ごめん、葉月ちゃん。行かなきゃ」

「あ、はい」

「また明日、大学で。お兄さん、お邪魔してすみませんでした。失礼します」

児玉さんは誤解したまま店を出て行った。

「あ、あの……」私たちの間に微妙な空気が流れる。

「そろそろ出るか」

「はい……」

共哉さんの表情はひどく冷たい。私は自分を責めた。

車が動き出しても、しばらく沈黙が続いた。何も言い出せない重い空気が漂っていた。

「あいつか？」

「え？」

「前にお前に電話してきたヤツだよ」

「はい」

「そうか……」

彼はため息交じりにそう言うと、また黙り込んだ。

「あ、あの共哉さん……ごめんなさい」

すると、彼は「ったく……」と、苛立ちながら路肩に車を寄せた。

「あいつに家族と紹介したのか？」

私は頭を小さく縦に振った。

「大学のヤツらはみんな知らないのか？　結婚してること」

知っているのは友梨香だけだ。そもそも本当に心を許せる友人は彼女以外いない。

「一人友達ができたので、その子には伝えました。ですが、児玉さんはそこまで親しくないので……」

「そうか……」

私はそう言って目を伏せた。

「ですが、兄と間違えられるとは思わなくて。私、やっぱり子供っぽいんですね……」

すると、彼は私の顎を指先で上に向かせた。私の視線の先に彼がいて、顔が近づいてくる。心臓が胸から飛び出しそうなほど激しく脈打つ。しかし、私の顔の手前まで止まると、冷たく言った。

「あいつには兄じゃないと伝えとけ。お前を妹と言われるのは不快だ」

「えっ、あ、すみません。明日、伝えます。こんな私が共哉さんの妹だなんて可笑しいですもんね」

共哉さんには華があるのに、私は地味だ。妻としてはもちろん、彼の妹ならもっと上品さを備えているべきだ。

「そういう意味じゃない」

「えっ？」

そのときだった。私の唇に冷たいものが触れた。わずか数秒の冷たい熱……。

「驚きすぎだ」

私が呆然として目を見開いていると、彼が優しく笑いかけながら顎から指を離した。

「兄とはしないだろ、こんなこと」

それは、私にとって生まれて初めてのキス。想像していたより無味で、突然だった。

私はどう反応すればいいのかわからず、唇を押さえた。

何事もなかったように、彼は車を発進させた。私は「共哉さん……」と、消え入りそうな声で呼ぶ。

「なんだ?」彼の声に不機嫌さはもうない。

「あの、さっきの……」

「ん?」

「どうしてあんな……」

「俺たちは兄妹じゃないんだ。キスくらいしてもいいだろう」

彼に軽い口調で言われ、急激に心に痛みが走る。

「私、初めてだったんです」

「あぁ、知ってるよ」

「なので驚いて……」

「そうか。じゃあ、慣らしてやろうか?」

「え……」私にとって初めてのキスは大切なものだ。それなのに、彼は私を完全にからかっているようだ。

「ひ、ひどいです」

「葉月?」

「私、初めてだったのにからかうなんてひどい! 共哉さん」

口から彼を責める言葉がこぼれる。

「待て、葉月」

「ひどい……」

　気がつくと、私の頬を涙が伝っていた。手で何度拭っても、後から後からこぼれ落ち、私は両手で顔を覆った。

　すると、彼は苛立ちをぶつけるかのように、車のスピードを上げた。そして、しばらくすると、コインパーキングに車を停めた。

「葉月、大丈夫か？」

　私は彼が怒っているとばかり思っていたが、彼の口調は優しいものだった。

「泣くな。からかったわけじゃない」

　彼はシートベルトを外すと、幼い子供をなだめるように私の頭を撫でる。

「泣くなよ……。悪かった」

　その申し訳なさそうな声に、今度は私が申し訳なく思い始める。私はやはり子供だ。こんなことで彼を困らせてしまっている。

「ごめんなさい。私――」

　そう言いかけたとき、彼は運転席から身を乗り出し、私を抱きしめた。

「こうしてると落ち着くから、少しだけ我慢しろ」

　我慢どころか、幸せに満ちてしまう。柔らかな温もりが心地いい。彼が背中をさすり始めると、私は甘えて彼の胸に身体を寄せた。

「ごめんな。初めてだったのに……」

私は顔を埋めたまま首を横に振った。こんなに優しくされると、もう怒れない。

「からかったわけじゃないんだ……俺がしたいと思ったからしたんだよ。葉月が嫌だったなら、やり直すか?」

私は彼の胸に埋めていた顔を上げた。彼と真っすぐに見つめ合う。私が静かに目を閉じると、二度目のキスが降ってきた。それは一度目のキスよりずっと長いキスだった。

唇が離れると、彼は私の頭を撫で、駐車料金を精算するために車を降りた。私は残された車内で、唇の上下を強く合わせた。そこにまだ彼の冷たい熱を感じた。

彼は〝俺がしたいと思ったから〟と言った。それは〝好き〟という意味なのだろうか。それとも相手は誰でもよくて、〝本能〟のまま動いたという意味なのだろうか。

彼の気持ちがよくわからない。聞いてみたいが、勇気はなかった。


翌日、授業が三限までだったこともあり、いろいろ相談に乗ってもらうつもりで、友梨香の家に立ち寄った。〝キス〟という単語を出すのは、ずいぶん勇気が必要だった。

「ねぇ、キ、キスって、大人の人は気持ちがなくてもできるものなのかな?」

「そんなこと聞くとは、御曹司としちゃった?」

問い詰められることは覚悟していたが、恥ずかしくて顔を赤くしてうなずいた。

「やったじゃん！　おめでとう」

とても〝ありがとう〟とは言えなくて、困ってしまう。彼のことは好きだが、昨日のキスはそういうことでは片づけられない。

「できると思う？　大人なら……」

「うん。できると思うけど……」

やはり、そうなのかと落ち込む。

「でも、私はできないな。たぶん、タイプ的には御曹司もじゃない？」

「え？」

「どんな状況か知らないけど……」

彼女は暗に何があったのか説明を求めるが、上手に話せる自信がなくて目を伏せる。

彼女にはそれだけで伝わったのだろう。私の返事を待たずして、口元を緩めると、話を続けた。

「気持ちがないって遊びってことでしょ。もしそうなら、わざわざ初心《うぶ》な葉月にキスしたりしないと思うよ」

「じゃあ……」

私は少なくとも遊ばれたわけではなさそうだ。

「たぶん、葉月に気持ちがあるんじゃない？　確信は持てないけど。私よりも、夫婦なんだから御曹司に直接聞きなよ」

「む、無理だよ」

それができないから友梨香に相談しているのだ。

「まぁ、エッチならともかく、私は、キスは好きな人とじゃなきゃしたくないよ」

キスだけでもいっぱいいっぱいなのに、その先のことを持ち出されても、私の恋愛レベルでは考えが追いつかない。

「うん？　葉月、携帯、鳴ってない？」

「あっ、本当だ。ごめん、出るね」

画面を見ると共哉さんからだった。胸の鼓動が一気に弾む。

「葉月、俺だ。今どこだ？　まだ友達の家か？」

「はい」

友梨香の家にいることは運転手に報告済みであるから、彼も知っていて当然だ。

「そうか。今、お前の大学のそばにいるんだ。もし時間が合うなら乗せて行こうかと思ったんだが、まだいたいなら……」

「いえ、今から大学に戻ります」

私は彼の言葉を遮り、慌てて伝えた。

「わかった。待ってる」

　私が電話を終えると、友梨香が愉快そうに微笑んでいた。

「御曹司、来てるの？」

「うん。ごめん……」

「いいよ、また来て。ちゃんと聞くんだよ」

「う、うん……」

　たぶん聞けないだろうが、うなずいてみせた。

　私は急いで大学へ戻ると、すでに正門の前に彼の車が停まっていた。私に気づいた彼が車から降りて手を上げた。

「お待たせしました」

　スーツ姿の彼は駆けてきた私に頬を緩ませた。そして、紳士的に助手席の扉を開けてくれる。私は「ありがとうございます」とお礼を言って、車に乗り込んだ。

「このまま帰っていいか？　それとも買い物に寄る？」

「いえ、大丈夫です」

「わかった」

　彼が車を発進させると、私は小さく息を吐く。やはり、昨日のキスの理由を聞くなんてできそうにない。

「今日は早かったんですね」

「あぁ」

「共哉さんって、何のお仕事をしているのですか？」

結婚したときは絶望感でいっぱいで、自分から彼のことは何も聞いていなかったし、誰も教えてくれる人もいなかった。結婚式も挙げていないので、仕事の関係者も誰一人知らなかった。今さらながら聞いてみる。

「製薬会社だよ」

「お薬ですか？」

「あぁ、蓮池製薬って知ってるか？」

その名は有名で、テレビコマーシャルで目にすることがあるから知っている。しかも聞けば、彼の父親が社長だと知って私は驚いた。

「すごいですね」

「俺はただ祖父が築いた会社で働かせてもらってるだけだ」

彼はそう謙遜するが、普段の忙しさからすると、会社の中心となって働いているのは間違いないだろう。

「今日は平気なんですか？」

「あぁ」

そう彼が笑顔で答えたときだった。私の携帯の着信音が車内に響いた。

「出ていいぞ」

「あ、はい」

鞄から携帯を取り出して画面をのぞくと、児玉さんからだった。

「出ないのか？」

「いえ……」

「気にしなくていいぞ」

彼はそう言ってくれるが、さすがに出られない。

「ええ、そうなんですが、えっと……」

私のあからさまに不自然な態度に、彼は車を停車させて携帯をのぞき込んだ。

「昨日のヤツか？」

私は小さくうなずいて彼を見つめた。きっと、とても頼りない表情をしているに違いない。

「出ていいか？」

「え？」

「大丈夫だから」

私は驚きつつも、彼に携帯を渡した。

彼はスピーカーをオンにすると電話に出た。

「なんだ？」

「え、あ、あれ……」

私とは似つかない男性の声に、児玉さんが戸惑っているのがわかる。

「葉月の代わりに出たが、何の用だ？」

彼の声は低くて威圧感がある。児玉さんはしばらくの間、黙っていた。

「何もないならかけてこないでもらいたい」

「あの、葉月ちゃんはどこですか？　あなたは誰ですか？」

「夫だ」

間髪入れず、彼は堂々と口にした。

「お、夫？」

「あぁ。それで何の用なんだ？」

「あ、え、いや……」

「何もないなら切るぞ。今後、妻の電話に気安くかけてこないでほしい」

矢面《やおもて》に立って私を守ろうとしてくれる彼の姿に身震いする。

「え、ま、待って……」

「なんだ？」

「それ、マジですか？　信じられない」

「事実だ。それに君には実際会ってるしな」

「もしかして昨日の……」

「わかったなら、もうかけてくるな」

彼はその言葉を最後に電話を切り、私に何も言わず携帯を返した。

「あ、あの……」

「またかかってきたら俺に言え」

「はい」

彼は私の頭を撫でると、そのまま引き寄せた。彼の顔が近づいてくると、私は自然と目を閉じていた。そして、彼と三度目のキスをした。

マンションの駐車場で車を降りると、共哉さんが私に手を差し出した。

「ほら」

私は促されるままに、彼の手を握った。二人で手を繋いで、エントランスホールに向かう。すると、エントランスの前に見覚えのある女性が立っていた。パーティーで私に鋭い視線を向けていた恩地さんだった。

先日とは違ってドレスアップしていないものの、露出度の高い黒のワンピース姿は、女の私が見てもドキドキさせられる。胸元が微妙に見え隠れし、スカートの丈も短い。きっと彼女のような服装は私にはできないし、似合わない。

彼女は甘えるような声で、「共哉さん、こんばんは」と小走りで駆け寄ってくる。私は不吉な予感に、思わず彼の手を強く握りしめた。

「華さん、わざわざ私たちの家まで来られるとはどうされましたか?」

彼の口調は丁寧だが、どこか他人行儀だ。

「今日は共哉さんにお借りしていたものを返しに来たの」

彼女は茶色の紙袋を手にしていた。彼女はその中から一枚のワイシャツを取り出した。

「これ、あなたにずっと借りたままだったから」

彼女の〝あなた〟という呼び方と、シャツを貸し借りする仲だということに胸がざわつく。

「あぁ、そういえばそんなことも。わざわざすみません」

彼が紙袋を受け取ると、恩地さんがその腕にしがみついた。彼女のつけたローズの香水の香りが、彼のもう片方の手を握っている私のところまで香ってくる。

「あのときはとても助かったわ」

彼女の胸が彼の腕に当たるのが私の目に映る。きっと意図的なのだろう。彼女はさらに強く押しつける。

「本当にありがとう。貸してもらわなければ、私、何もまとわないで帰らなければならないところだったわ」

何もまとわないでとはどういうことだろうか。まさか素肌を見せ合う仲なのか。

ふと気づくと、彼女が勝ち誇った顔で私を見ている。一瞬視線がぶつかるが、彼女の強気な瞳に怯んで、目をそらしてしまった。

「これが役に立ったならよかったです。ところで華さん、家に帰りたいので離してもらえますか？」

「もう、クールなんだから。昔から共哉さんは……」

彼女の絡めた腕から自分の腕を抜き取ると、彼は私の手を強く握った。

「では、失礼します」

彼は頭を下げると私の手を引いて、「行くぞ」と声をかけた。

エレベーターに乗り込み、彼と二人きりになる。私は恩地さんと彼の本当の関係が知りたくて、彼の表情を盗み見る。彼はすぐ私の視線に気づいて顔を向けた。

「何考えてる？」

「えっと……」

「ん？」

彼の声は優しい。私は思い切って口を開いた。

「お二人はその……仲良しなんですか？」

するると、彼の顔が近づいてきて唇に触れた。四度目のキスだった。

「こんな関係になったことはないよ」

ちょうど最上階に到着し、彼に手を引かれてエレベーターを降りる。玄関のところで一度離れた手は、リビングのソファに座ると再び繋がれた。

「共哉さん、あの……」

「酒の席で彼女がワインを服にこぼしたことがあって、そのときいつも車に積んでいる予備のワイシャツを貸しただけだのことだ」

彼の説明が本当ならば、彼女はわざと誤解を生むように私に話したということだ。

「お二人はご友人ということなんですね？」

「友人というほど親しくはない。彼女と会うのはこの間のような場だけだから、勘違いするな」

思わず「よかった……」と、心の声が漏れる。

「悪かったな。パーティーでの出来事を思い出させてしまって」

たしかに父に何も真実を告げられずに嫁がされたことはショックだった。でも、それ以上に恩地さんと彼の関係のほうが気になっていた。だから今日、彼の口からはっきり聞けてよかった。心の霞《かすみ》が晴れる思いだった。

「共哉さんは悪くないです。それより今、ドキドキしてます」

「ドキドキ?」

私は彼の瞳を真っすぐに見つめた。彼が私を不思議そうに見つめる。

「好きです。共哉さん……」

言おう、言おうとして言えなかった一言がこんなにも簡単に出てきた。いつも冷たい態度をとりながらも、私を見守ってくれている彼の優しさが私の心の引き出しを開けた。

「好きなんです」

最初はあんなに怖かったのに、今は嫉妬してしまうくらい彼が好きだ。

「葉月……」

「共哉さんが好き」

彼は大きく息を吐くと、繋いでいた手を離し、私を抱きしめた。

「俺が憎くないのか? お前を利用したと言ったのに……」

同居を始めたときの孤独な時間は今思い出しても辛い。しかし、それは彼の優しさに気づくまでの話だ。彼の内面を知るにしたがって、惹かれてやまなかった。あのパーティーの日も、彼は傷ついた私のために時間を割いてくれた。

「憎いなんてとんでもないです。共哉さんはとても優しい方です」

「お前の意思も確かめずに、勝手に結婚を決めた俺を許すのか?」

頭上から聞こえたその声は微かに震えていた。

私は腕の中から彼を見上げる。それに呼応するように、彼が私を見下ろす。その瞳は揺れていて、彼も苦しんできたことがわかった。

「許すだなんて……。もともと怒ってなんていませんし、共哉さんは私の実家を助けてくださったんですよね」

寿屋が存続できたのも、母があの家で暮らせているのも、すべて彼のおかげだ。感謝の気持ち以外ない。

「私を引き受けてくださって、ありがとうございました。お相手が共哉さんでよかったです」

素直な気持ちだった。もし彼と違う形で出会っていたとしても、私はきっと彼を好きになっていただろう。

「葉月……」

私は離れたくなくて、そのまま彼の胸に顔を埋めた。彼が私の頭を優しく撫でる。

世界に二人だけしかいないような濃密な静寂が訪れる。触れ合う部分が少しずつお互いの傷を癒していく。

どれくらいそうしていたのだろう。彼の胸のあたりが私の呼吸で湿り始めた頃、彼が明るく柔らかな声で言った。

「なあ、腹減ったよな?」

「え、あ……」

「どうする? 外食という手もあるぞ」

　そう聞かれた途端、私のお腹が音を立てた。一瞬の沈黙の後、無性に可笑しくて、二人で吹き出した。私は「作ります」と言って、立ち上がった。


　夕食と入浴を済ませると、私はソファでテレビを観ている彼にお茶を運び、隣に腰掛けた。

「共哉さん、歌番組なんて観るんですね」

「何も面白い番組がやってないな。そういや今このグループ、若い娘の間で流行ってるんだってな。お前も好きか?」

　テレビ画面には髪を派手に染め、破れたような加工がところどころに施された服を着た男性が数人映っていた。

「じつはよく知らなくて……」

「そうか」

　高校時代の私の生活はフルートと料理、そして受験勉強が中心で、テレビを観る時間は物理的になかった。その生活にすっかり馴染んでしまったため、ここで暮らし始めてからも、たまにニュースを観るくらいで、テレビをつけること自体あまりなかった。

「でも、この方たちよりも、共哉さんのほうが数倍カッコいいですよ」

大学にもこんな格好の人たちはいるが、私は苦手で近づきがたかった。

「お世辞とはいえ、ありがとう」

「お世辞じゃないです。本当にそう思ったんです」

「そう？」

「はい」

彼は手にしたカップを置き、前屈みになって、私の顔をのぞき込む。

「葉月、目を閉じて」

「はい……」

私は期待に、緊張しながら目を閉じた。

「とれた」

「えっ？」

「まつ毛」

彼はそれをテーブルの上にあったティッシュでくるんだ。

「違うこと考えた？」

顔が赤くなるのがわかる。私の気持ちはバレバレのようだ。

「はい。少し」

「お前はあの家で生まれて、よく真っすぐ育ったな……」

いったいどういう意味だろう……。

「父親、厳しかったろ？」

「ええ。それなりに厳しく躾《しつ》けられました」

父に幼い頃から怒られないように、気を張りつめて生活していたのを思い出して、急に胸が苦しくなる。

「葉月だから俺のとこに来たんだよな……」

「え？」

「お前の姉は我慢できず、家を飛び出したんだろう？」

「共哉さん、姉のことをご存じなのですか？」

初めて会ったお見合いのとき、彼の母親も姉のことを知っているようだった。

「あぁ、昔会ったことがある」

「そうですか……」

「お前と違って活発な印象だったかな。葉月は昔と変わらない」

私はその言葉に驚いた。彼とは見合いの席が初対面ではなかったということだ。

「共哉さんと私は以前にお会いしてるんですか？」

「ん、あぁ……」

「お前の父親が開いたパーティーと、ほかに一度……」

「いつですか？」

「ごめんなさい！　私、覚えてないです」

　父親関係のパーティーに最後に出席したのはいつだろう。いずれにしてもかなり昔のことだ。しかも、私は人見知りだったから、参加者の顔など誰一人覚えてない。社交的な姉とは対照的だった。

「まぁ当たり前だろう。俺だってそんなにはっきり覚えているわけじゃない」

　彼はそう言うけど、さっきは姉と違って私は変わってないと言っていた。それくらいの記憶はあるということだ。

「すみません。覚えてないなんて、共哉さんに失礼なことを……」

「何言ってんだよ。お前は素直でいい子だよ」

「共哉さん……」

　彼が優しく私の頭を撫でる。彼の瞳は優しくて、胸がどうしようもなく苦しい。

「じゅうぶんいい子だよ。こんなお前を俺の都合で結婚させてよかったのかと、罪悪感がわくくらいだ」

　彼の言葉が胸の奥に広がって苦しい。私の瞳から涙があふれ出す。昔から厳しい父と、父に逆らえない母親の下で、自分をなかなか出せずにいた。それができるのは姉の前だけだった。

姉は私が叱られてこっそり泣いていると、「葉月はいい子よ。大丈夫」と、いつも慰めてくれていた。その姉にもう長く会えないでいる。

「葉月……」

「すみません、私……」

彼の優しい言葉に姉のことを思い出して、涙がこぼれてしまったのかもしれない。

「お前は泣き虫だな」

「ごめんなさい……」

結婚に隠された事実を知った夜も、初めてキスをされたときも、私は泣いてしまった。まるで子供みたいだが、彼の前では自然とさらけ出せてしまう。

「ほらおいで」

彼は私を横から抱き寄せた。彼の胸から伝わる温もりに、止まるどころか、涙腺が弱まるばかりだ。

「姉に会いたいか？」

「え……」

私は濡らしてしまった服から少し顔を離し、彼を見上げた。

「捜せないことはない」

父がどこまで調べたのかわからないが、居場所を突き止められなかったと母から聞いていた。もしかすると、費用の面から途中で捜索を断念したのかもしれない。姉がいなくなった時期と、家からお手伝いさんの数が減っていった時期は重なる。

彼なら捜し出してくれるかもしれない。

「どうする？」

ただ、姉は自由と幸せを求めて家を出たはずだ。居場所を捜し出すことで、姉に迷惑をかけてしまうかもしれない。〝幸せになって〟と言ってくれた姉が困るようなことはしたくない。

「あ、会いたい、ですけど……」

「やめとくか？」

「……はい」

「わかった」

彼は私の髪を撫でて、顔をまた胸に埋めさせてくれた。私は姉が言った〝幸せ〟を心から感じていた。

彼は涙が止まっても、しばらくそのままでいてくれた。気がつくと、彼のグレーのTシャツは私の涙で濃く色づいている。

「共哉さん、これ……」

私がごまかしようのない染みに手を伸ばすと、彼が笑顔を向けた。

「着替えるからいい」

「すみません……」

「いいよ。葉月はもう寝るか？」

時計を見ると、もう日付が変わろうとしていた。私はうなずいた。

すると、彼は「今夜は俺の部屋においで」と私を誘った。

「え？」

「俺もう寝るから」

私は彼に手を引かれるままに彼の部屋に入った。私をベッドに座らせると、おもむろにTシャツを脱いだ。私は「きゃっ！」と小さく声を上げ、顔をそらした。

「悪い。着替えるだけだ」

「あっ、はい。すみません」

冷静になろうと、顔の向きを戻し、視線を足元に落とす。それでも、視界の端に彼が新しいシャツに着替える姿が見える。チラッと見えた腹筋とがっしりとした腕に見とれて、鼓動が激しくなるようだ。

「と、共哉さん……」

「ん？　ほら、奥行けよ」

彼はベッドの壁側に行くように促す。

「あ、あの私ここで？」

「当たり前だろ。寝るんじゃないのか？」

それでもためらっていると、彼はお姫様だっこの要領で、私の身体を持ち上げた。

「お前軽いな……」

「え、わ……」

そのままベッドの壁側のスペースに私を下ろすと、空いたスペースに彼が潜り込んできた。二人で一つのベッドに入っている事態に、心臓が破裂しそうになる。

「やっぱり私、自分の部屋で……」

「今日は立ち入り禁止。さぁ、おいで」

彼が私の身体を優しく抱き寄せる。

「寒くない？」

布団の温かさと彼の体温、そして何より自分の身体の火照りで、むしろ熱いくらいだ。

「大丈夫です……」

「葉月は小さいなぁ」

「そ、そこまで小さくないです。平均より少し低いくらいです……」

私が真面目に答えると、彼は私をさらに胸に閉じ込めた。

「小さいよ。全部包める」

そう言うと、彼は抱きしめている腕に力を入れた。二人の身体がさらに密着し、彼の筋肉質な腕や厚い胸板の感触がじかに伝わってくる。私は恥ずかしくて、イモムシみたいに身体を縮ませ、布団の中に顔を隠した。

するど彼が「息ができないだろう」と言って、少し布団をめくって顔をのぞかせる。

「おいで」

彼は私を引き上げ、布団から顔を出させた。視線の高さが同じになり、至近距離で見つめ合う。彼の顔がゆっくりと近づいてきて唇が重なった。五度目のキス――。

「葉月……」

彼はいったん唇を離して、私の名前をを呼んだかと思うと、再び唇を重ねた。六度目、七度目、八度目……十を超えてからはもう数えることができなくて、私は瞳を閉じて繰り返されるキスに身をゆだねる。

冷たい熱が心地いい。恥ずかしいけど、もっと欲しくなる。やがて、口の中に温いものが滑り込んできて、私の舌に絡みつく。初めて知る感触に意識が遠のきそうになる。

それでも、彼のキスは止まない。

ようやく解放されて静かに目を開くと、澄んだ瞳が優しく私を見つめていて、彼の唇はしっとりと濡れていた。私はそれがとてつもなく恥ずかしくて強く目を閉じた。

「大丈夫か？」

少しも大丈夫ではなくて、彼の胸元に顔を埋めた。

「初めてにしては刺激が強かったか。続きは今度な」

そう言うと彼は、私の額に軽いキスを落とした。きっと私の頬は真っ赤に違いない。

「葉月、部屋を一緒にしないか？」

「えっ？」

彼の提案に驚いて、私は思わず顔を上げた。

「嫌か？」

「い、嫌じゃないですけど、このお部屋はお仕事にも使われてるんじゃないですか？」

「じゃあ……奥の部屋だ。あそこなら二人でちょうどいい広さだろ」

奥の部屋は一番広いが、使う用途もなく、現状、空いたままになっている。

「せっかくだから置く家具を新調しよう。週末は買い物だ。いいよな？」

私が「はい」と、はにかみながら答えると、彼は穏やかに微笑んだ。そして、私に「おやすみ」を言って瞳を閉じた。

彼は疲れていたのか、私を胸に閉じ込めたまま、すぐに眠りに落ちたようだ。彼の寝息が微かに聞こえて、私の上に乗ったままの腕の重みが増した。

彼とは真逆に、私はキスの余韻でなかなか寝つけなかった。彼のキレイな寝顔をしばらく見ていた。

「共哉さん、ずっと夫婦でいさせてください」

私は気づかれないように、そっと彼の頬にキスをした。

朝、「葉月」と呼ぶ声で目を覚ました。寝ぼけ眼《まなこ》で声のほうを見ると、彼が隣で片肘をついて私を見ていた。そうだ、ここは彼のベッドだ。いつから寝顔を見られていたのだろう。急に恥ずかしさが込み上げる。

しかし、よく見ると、彼の頭にも寝癖がついていた。こんなふうに無防備な姿を見せ合えることが、なんだか嬉しい。

「葉月、起きられる？」

「は、はい。おはようございます」

すると、おはようの代わりに、唇に触れるだけの軽いキスが落ちてきた。昨夜のことを思い出し、布団の中に隠れたくなる。

「まだ眠そうだな」

「あ、はい。眠れなくて……」

「狭かったか？」

「いえ、ドキドキして」

「そう」

「はい。でも、共哉さんに一番におはようを言えるのはいいかもしれないです」

私がそう言うと、もう一度、唇が重なった。今度は簡単には離れず、強く舌を吸われる。私は息ができず、「ん……」と鼻から抜けるような声を漏らす。そのたびに、キスの激しさが増していく。

唇に感じた熱は頬へ、耳元へと移動する。彼の私を呼ぶ声がすごく近くで聞こえたかと思ったときだ。

「坊っちゃん、起きてますか?」と、ドアのノック音とともに宮前さんの声がした。

私は完全に彼のことしか考えておらず、宮前さんが来ることをすっかり忘れていた。

私の胸の鼓動はおかしいくらいに激しく動く。

しかし、彼はあまり動じていない様子だ。

「あぁ。もう起きるよ」

それ以降、宮前さんの声はしなくなったが、私がこの部屋から出て行くところは、きっと見つかるだろう。

「ここまでだな」

しかし、やっぱり彼は冷静だった。

「なんて顔してんだ。俺たち夫婦だろ？　ここにお前がいるのは何の問題もないぞ」

「だっ、だって……」

「週末から本格的に同じ部屋にするんだ。悪いことではないだろう」

悪いことではなくても恥ずかしい。しかも、追い打ちをかけるように、彼はまたキスを落とす。扉の向こうに宮前さんがいるというのに、なんて大胆なのだろう。

「と、共哉さん……」

「ん？」

「宮前さんが……」

彼はなんとも思わないのだろうか。やはりこれは経験値の違いかもしれない。

「いるな」

「起きましょうよ」

「そうだな」

しかし、私はまた唇を塞がれてしまう。それは少し長めのキスだった。

「もう……」

私は彼とともに勇気を出してリビングに顔を出した。意外にも宮前さんはいつもどおり「おはようございます」と微笑むだけだった。私だけが動揺して「おはようごじゃいます」とまともに挨拶もできずに、二人に笑われてしまった。

第三章　メヌエット

朝から動揺の収まらない私を気遣って、運転手ではなく、共哉さんが大学まで車で送ってくれることになった。

実際、玄関を出るときも、宮前さんに「いってきます」とちゃんと言えたかどうか定かではなかった。

車に乗り、窓から外を眺めていると、見慣れた景色に徐々に日常の感覚が戻ってくる。大学の前で停まると、昨晩からの甘い時間が終わりを告げるのを感じた。

「またな、頑張れよ」

「はい。共哉さんも頑張ってくださいね」

「あぁ」

そう言って、彼が大きな手で私の頭を撫でる。それだけで、気持ちが落ち着くのが不思議だった。

車を降りると、彼は軽く手を上げて去っていった。私は見えなくなるまで車を見送った。

教室に向かって歩き始めると、どこにいたのか、児玉さんに声をかけられた。

「おはよう、葉月ちゃん」

「こ、児玉さん……おはようございます」

「送ってもらったの？」

「え、えぇ……」

私は一歩後ずさり、彼と距離をとった。

「ふーん。お兄さんと仲いいんだね？」

「え？」

児玉さんには電話ではっきりと〝妻〟であると共哉さんが伝えたはずだ。

「本当はお兄さんなんでしょ？　シスコンなの？　まあ、こんな可愛い妹がいたら、兄貴も心配だもんな」

「そ、そんな……違います」

「嘘だろ？　いくら考えても信じられないよ。葉月ちゃん、男慣れしてないし、それに指輪もしてないじゃん」

「そ、それは……」

どう説明すればいいのだろう。たしかに私たちは指輪の交換もしてないし、世間一般の結婚の形とは違う。だが、れっきとした夫婦だ。

男の人に慣れてないのは、共哉さん以外の人と付き合ったことがないからだ。それに児玉さんは正直不気味なので、ビクついてしまう。

「ほら、困ってる」

「困ってません。私、本当に……」

〝結婚してるんです〟と言いたかったが、近くに人が多くて口ごもってしまった。みんなに知られて、噂の的になるのは避けたかった。

「葉月ちゃんは、嘘が下手だね」

「嘘なんかじゃないです」

私が言葉に詰まったせいで、さらに誤解を深めてしまった。

「ちょっとここは目立ちすぎるから、葉月ちゃん、こっち」

そう言うと、児玉さんは私の腕を掴み、強引に大学の中庭へと連れ出した。途中、振りほどこうとしたものの、力が強くバランスを崩して転びそうで、下手に抵抗できなかった。

「ここならいいかな」

ようやく彼は私の手を離し、顔を向けた。

「児玉さん、私、本当に結婚してるんです。嘘なんてついていません」

人気がなくなったところで、私にしては大きな声で抗議する。

「葉月ちゃん、もっと仲良くなってから言おうと思ってたんだけど、言っちゃおうかな。

僕ねぇ、君のことが好きなんだ」

「えっ⁉」

「本気だよ。だから嘘なんてつかないでほしいんだ」

私は驚いて、目を何度も瞬《またた》かせた。言葉を失くしていると、彼が私にさらに近寄ってくる。

「葉月ちゃん、好きです。僕と付き合ってください」

私にとってそれは、人生で初めての男の人からの告白だった。いったいいつ、児玉さんに気に入られるようなことを私はしたのだろう。パニックになってしまい、頭が上手く働かない。

「可愛くて、控えめで、真面目な葉月ちゃんが好きなんだ」

私のことをよく知らないはずなのに、勝手にイメージを作って、好きな言葉を並べられても困ってしまう。

「大切にする。だから付き合ってほしい」

ただ、児玉さんの瞳は真剣で、からかっているようには見えない。断るにしても傷つけたくはなかった。すると、私の背後から別の声が割って入ってきた。

「俺の妻だと言ったはずだが」

「共哉さん……」

そこには会社に向かったはずの彼が立っていた。彼は私を守るように、自分の後ろに私を避難させる。私は彼のスーツの袖を掴み、安堵のため息を漏らす。

「本当は葉月ちゃんのお兄さんなんでしょ？」

「しつこい奴だな。俺と葉月は夫婦だ」

彼の声は冷たく、怒っていることが伝わってくる。

「信じられるわけないでしょ。まだ彼女は若いし、歳もあなたとだいぶ離れてるみたいだし」

「歳が離れていて何か問題か？」

私が子供すぎるのは認めざるを得ない。彼と不つり合いなのもわかる。でも、歳が離れているからといって、彼の言うとおり、誰かに迷惑をかけているわけではない。

「指輪も贈ってないですよね？」

「お前に夫婦間のことをわざわざ話すのもなんだが、目に見えるものがすべてじゃないからな」

それに私の心は強く反応した。彼の言葉が頭の中で繰り返される。目に見えない彼の気持ち。彼はいつも心の奥で何を思っているのだろうか。

「葉月は俺の妻だ。もう構わないでもらいたい。これ以上葉月に近づくならこっちも考えさせてもらう」

彼の毅然《きぜん》とした態度になす術をなくしたのか、児玉さんは押し黙ってしまった。

「わかったか?」

彼が念を押すように言うと、児玉さんは何も言わずに去って行った。

「共哉さん……」

彼の背後から声をかけると、彼は振り向いて大きく息を吐き出した。

「危なかったな」

「ありがとうございました。それにしても、どうして……」

「バックミラーからあいつが近づくのが見えたんだ」

「そうなんですか……、助かりました。でも、お仕事は大丈夫ですか?」

「あぁ、今から行く。そうだ、お前も来い」

「えっ?」

選択の余地は与えらえず、今度は彼に手を引かれて、今来た道を引き返す。途中、他の学生が何事かと振り返る。正門を出ると、そのまま車に乗せられた。

「共哉さん、あの、講義が……」

「今日は休め。大丈夫だろ？　一日くらい」

無断欠席するのは、目を泣き腫らした日に友梨香とサボって以来のことだ。

「あの……どこに？」

「言っただろ。仕事、つまり俺の会社だ」

「でも、ほかの社員の方が……」

「大丈夫、仕事場は俺しかいないから」

こんな強引な彼は初めてである。私に断る権限はないようだ。

彼が車を停めた場所は大きなビルの駐車場だった。

「ここだ、降りるぞ」

「行くぞ」

彼は私の手をとって歩き始めた。ロビーを通ると、「おはようございます」と受付の女性に頭を下げられた。制服姿の彼女たちはメイクもきちんとしていて、自分が恥ずかしくなる。

そんな私の気持ちにお構いなく、彼は私の手を握ったまま、エレベーターホールへ向かった。周りの人たちからの視線を感じ、私はうつむきながら歩いた。こんな立派なオフィスで男女が手を繋いで歩く姿は、ドラマでも観られないようなシチュエーションだ。

彼はエレベーターに乗り込むと、私を一番奥に押し込み、自分がその前に立った。おかげで何人か乗り込んできたものの、みんな彼に挨拶するだけで、私のことには気づいていない様子だった。

途中の階でほかの社員は降りてしまい、気がつくと彼と私の二人だけだった。

「もう顔を出しても大丈夫だぞ」

「緊張します」

私が小さく息を吐くと、彼は額にキスをした。こんな場所での突然のキスにうろたえる。監視カメラから顔を隠していると、エレベーターが目的の階に到着した。

エレベーターを降りると、彼は廊下を進み、左手の手前から三つ目の部屋の前で足を止めた。

「ここが共哉さんのお部屋ですか？」

「あぁ」

部屋に入ると、そこは彼専用の個室だった。室内は、手前に応接用のソファとテーブル、奥には彼のデスクが配置されていた。

「お仕事、平気なんですか？」

「あぁ。今日は外出の予定もないし、来客もないから問題ない」

しかし、そう言っている最中《さなか》に部屋のドアがノックされ、一人の男性が入ってきた。

見覚えがある人だと思ったら、実家に婚姻届を持ってきてくれた秘書の米倉さんだった。

打ち合わせか何かだと思った私は、仕事の邪魔にならないように、ソファから立ち上がった。でも、米倉さんは「飲み物をお持ちしただけです」と言って、テーブルにコーヒーの入ったカップを置いた。私は恐縮するが、米倉さんは笑みを浮かべて少しも迷惑そうではない。

米倉さんが部屋を出て行くと、私たちは再び二人きりになった。彼は私の隣に座ると、口を開いた。

「葉月、お前なんであいつについて行ったんだ？　危ないだろ」

「児玉さんに強引に腕を掴まれてしまって……」

もっと私がしっかりしていれば、彼に迷惑をかけることはなかった。

「いずれにしても、何もなくてよかったよ。もうあいつには近づくな」

「はい。すみませんでした」

すると、私を抱き寄せて、彼は「怒っているわけじゃない」と優しく言った。

「共哉さん……」

私が彼のスーツに顔を埋めると、彼の顔が下りてきて、唇が重なった。

突然降ってきたキスに身体が微かに震える。

「悪かったな。大学、休ませて」

「いえ……」

「今日はここにいろ。適当にしていていいから」

「わかりました」

彼は私の身体を離すと、頭の上で手を二度弾ませた。

彼はデスクに移動して仕事を開始する。私は皮製の座り心地のいいソファに腰を沈め、携帯を見ていた。すると、またノックの音がして米倉さんが入ってきた。

「もしよければどうぞ」と、雑誌を何冊かテーブルに置いてくれた。

「お仕事中なのに、申し訳ありません」

「いいえ、奥様のためですから。ご用がありましたら何なりと」

そんなふうに少し雑談をしていると、「おい米倉、用が済んだなら出ていけよ」と彼の鋭い声が割って入った。米倉さんは〝いつものことですから〟というように、私にアイコンタクトして微笑むと、部屋を出て行った。

デスクのほうに目を向けると、彼が真剣な表情で資料に目を通していた。

その後、しばらくの間、私は、彼を盗み見ては雑誌をめくるのループを繰り返していたが、いつの間にか眠ってしまったようで、彼に声をかけられて目を覚ました。

「ごめんなさい」

彼の会社で寝るとは緊張感がなさすぎて恥ずかしい。

「いいよ。昼飯を食いに行こう」

部屋の壁にかけられた時計を見ると、時刻は十二時を回っていた。

「私、こんなに……」

「寝不足だったんだろ。少しは休めたか？」

彼に頭を撫でられると、今朝のことを思い出して顔が赤くなるのがわかった。私は彼に気づかれる前に話題を変えた。

「どこに行かれるのですか？」

「近くの店でいいか？」

「もちろんです」

外出する際も、彼が私の腰に手を回してロビーを歩くから、注目の的になってしまった。私よりも遥かに大人の装いをした人ばかりを前に恥ずかしくて仕方ない。背伸びをしている子供のように映っていないか不安だった。

今度から、彼とつり合うように、もう少しオシャレや化粧にも気を遣おうと心に決めた。あのパーティーの日の自分は、今よりは少しはマシだったように思う。

彼が連れて行ってくれたのは、高級そうな中華料理店だった。

店内に足を踏み入れると、待ち構えていた店員が頭を下げる。すると、その後ろのテーブル席に、どこかで見たことのある女性の後ろ姿があった。

そのとき、彼が「行くぞ、葉月」と声をかけた。

するとその声に反応したように、その女性が振り返った。

「葉月……」

「弥生姉……」

それは私が会いたくてたまらなかった姉だった。

私の記憶に残る姉は色白で、華奢で、黒髪のショートカットがよく似合う美人だった。

しかし、目の前にいる姉は色白ではあるが、ハーフアップに結った髪の色は茶色で、肩まで伸ばしている。それに加えて、ややふっくらしたように思う。ただ芯の強い瞳と美しい顔は変わらない。

「葉月よね？」

姉の優しい声は昔と同じだ。私は急激に瞳の奥が熱くなるのを感じた。

「弥生姉……」

たまらなくなり姉に抱きつく。涙が頬を伝う。

姉は私を抱きしめ、背中をゆっくりと撫でてくれた。昔、慰めるときによくしてくれたしぐさだ。まさかこんな場所で再会できるとは思いもしなかった。私より背の高い肩に顔を埋めると、懐かしい姉の匂いがした。

そうしていると、姉の後ろから「ママ！」と幼い女の子が走ってきて、彼女の脚に絡みついた。

「ママ、この人、だぁれ？」

姉は私の背中を撫でながら、その子に顔を向けて、「美月《みつき》、待って……」と言った。

「いや！　ママ……」

記憶の中の姉の姿が邪魔をして、私はその女の子が姉の子供だとすぐには気づかなかった。

「美月、ママは今、お話ししてるのよ」

「ダメ！」

すると、女の子は大切な母親を私に奪われると思ったのだろうか。私を泣きそうな顔で見上げている。

「だっこ……」

姉が女の子を抱き上げる。

「ごめんね、葉月」

女の子はついさっき私が埋めていた姉の肩に顔を埋め、姉に背中を撫でられている。

それはまるで幼い頃の自分を見るようだった。

しかし、今抱き締められているのは私ではなく姉の娘だ。私が会いたくてたまらなかった姉は、知らない間に母親になっていた。

「葉月にはいろいろ心配かけたわよね。……私ね、寿の家を出てすぐ結婚したの。この子は私の娘」

娘だと言われても、私の頭は簡単についていけない。

「娘の美月よ。ほら美月、ご挨拶して」

女の子は姉にあまり似ていなかった。顔の形も、顔立ちも、髪の質もまるで違う。私の知らない人の血を引いているんだと思うと、複雑な心境だった。

姉はもう私の姉というより、この子供の母親なのだ。想像もしていなかった現実を前に、私はめまいを覚えた。

「葉月、大丈夫か？」

足元をふらつかせた私を、後ろにいた彼が支えてくれた。彼には悪いが、あまりの出来事に、少しの間、彼の存在を忘れていた。

「葉月、この方は？」

姉の視線が私から彼へと移る。

「葉月の夫です。昔、お会いしたことがありますが、覚えてらっしゃらないでしょうね。蓮池共哉です」

彼は動揺している私に代わって丁寧に答えた。

「蓮池……」

「ええ、今年の春に葉月と結婚しました」

すると、姉の顔がみるみる強張《こわば》っていくのがわかった。

「なぜ葉月と？」

その怒りの交じった声は、よく父と口論しているときに聞いたものだ。

「彼女とは縁がありまして」

すると姉の娘が「ママ、怖い！」と泣き出した。

「ごめんね、美月。大丈夫よ」

姉は泣きじゃくるその子の背中を優しく撫でた。

理由はわからないが、姉が彼のことをよく思っていないのは確かなようだ。姉に祝福してもらえないことが、私の心を傷つける。

「お義姉さんは今、どちらにいらっしゃるのですか？」

彼が自分より年下の姉に敬語を使うだけでなく、お義姉さんと呼んだことに驚く。

「あなたに〝お義姉さん〟なんて呼ばれたくないわ」

姉のはっきりした物言いにはらはらする。こういうところは少しも変わっていない。

姉の娘が「ケンカはやめて！」と、さらに大きな声で泣く。

「ここじゃ落ち着きませんし、後日、改めてお話ししませんか？」

彼がそう言うと、姉は了承した。私は姉に次も会えることにホッとする。

「ご両親にはお話ししませんので、都合のいい日時をこちらに連絡してください」

彼は自分の名刺を渡すと、姉はそれを確認してカバンにしまった。

ふと気づくと、周囲の人たちの視線が集まっていた。私は居心地が悪くなりうつむいた。

「ママ、帰りたい」

「そうね。ごめんね、美月」

「ママ、早く……」

すると姉は私の肩に触れて、「必ず連絡するわ。葉月、ごめんね」と言って、娘を抱きかかえたまま店を出て行った。私は彼に支えられるようにして、店の奥の個室へ入った。

三年という月日の流れは、思っていた以上に長かったようだ。まさか姉が結婚していて、そのうえ子供まで授かっているとは想像もしていなかった。姉と共有できなかった三年間を私は嫉妬していた。

「葉月……」

放心状態の私に、彼は運ばれてきた烏龍茶を渡した。

「あったかい……」

「そうか……」

彼は私が落ち着くのを、じっと待っていてくれた。その優しさが涙を誘いそうになる。

私は唇を噛みしめて堪えた。

料理は彼にお任せで注文してもらった。彼が頼んだ料理だから、たぶん美味しいはずなのに、今の私には味がよくわからなかった。

デザートが運ばれてくると、彼が私に聞いた。

「フルート休むか?」

今日はレッスン日だった。集中できる自信がなくて、私は黙り悩んだ。すると彼は気持ちを察して、「キャンセルの連絡を入れておく」と言ってくれた。

「すみません……」

「いいよ」

「ありがとうございます。共哉さんがいてくれてよかった」

私がそう言うと、彼は向かい合わせに座る私の横に来て手を広げた。

「おいで、葉月」

「お仕事は大丈夫ですか……?」

きっとそこに顔を寄せたら甘えて泣いてしまう。

「少し甘やかすくらいなんてことない。お前が大丈夫じゃないだろ?」

その言葉に堪えきれなくなって、私は彼の胸に顔を埋めた。と同時に涙があふれ出した。彼は何も言わずに、私の背中を優しく擦ってくれた。

「共哉さん……」

「なんだ？」

「次に姉と会うときは、共哉さんも一緒にいてくれますか？」

「あぁ。そばにいるよ」

あんなに会いたかった姉なのに、今は一人で会うのが心細かった。

私は店を出ると、彼に車を呼んでもらい、先に帰宅した。彼は何度も会社に来るよう誘ってくれたが遠慮した。彼の会社で、泣いてひどい顔をさらしたくなかったし、少し眠りたかったからだ。


その夜、彼はいつもより少し早く帰宅した。

私を心配してくれて、彼は宮前さんに自分が帰宅するまで待ってもらうように頼んでくれていた。だから、この日の夕食は宮前さんに作ってもらった。

「では、失礼させていただきます」と彼女が帰途につき、彼と二人きりの時間になる。

「あれから大丈夫だったか？」

「はい」

彼が安心したように目を細める。

「お風呂入りますか？　ご飯も宮前さんが作ってくださったので、すぐにご用意できますよ」

「そうだな……先に風呂にする。葉月も入るか？」

私は大きく首を横に振って顔を赤くすると、彼が「冗談だよ」と笑った。

宮前さんが作ってくれた料理を温め、テーブルに運んでいると、彼がタオルで頭を拭きながら戻ってきた。

「上がったぞ。葉月も入るか？」

「あ、いえ、じつは帰ってすぐシャワーを浴びました。お先にすみません……」

「そう、すっきりした？」

「少し……」

彼は「よかった」と言って、私の頭を撫でてくれた。そして、二人で食卓についた。

「あの、共哉さん」

「ん？　なんだ」

「姉から、連絡ありました？」

「いや、まだない」

「そうですか……」

姉から連絡があるのはいつだろう。今日の今日あるとは思っていなかったが、やはり気になる。

「まぁ、家の都合もあるだろうからな」

「そうですよね……」

姉は私の知らない場所で知らない人と生活している。いったい姉の夫はどんな人なのだろう。姉が家を捨ててまで選んだ人に、興味がわかないわけはなかった。

「しかし、お前とは似てないな」

「やっぱりそうですか。よく言われていました」

「そうだろうな」

彼は頬を緩めて納得するが、それがなんとも落ち着かない。

「す、すみません」

「何が？」

姉に勝るところが果たして私にはあるのだろうかと、いつも自問自答しながら生きてきた。大好きな姉だが、いつもうらやましくもあった。だから、彼も同じ家から妻をとるなら、私より姉のほうがよかったのではないかと本気で考えてしまう。彼のような素敵な人には、私よりも華やかな姉のような人が似合うに違いない。

「私が少しでも姉に似ていたらよかったのですが……」

「何でそうなる？」

「えっと、姉はキレイで、社交的ですし……」

すると、彼が思い切り深いため息をついた。

「お前が姉に似ていたら結婚してない」

「え……」

それはどういう意味に受け取ればいいのだろか。私でよかったと、はっきり言われたわけではないが、そう理解していいのだろうか。

「そういや、母親が葉月の帰った後に会社に来たよ」

「お義母様が?」

「あぁ。親父の忘れ物を届けにだがな。葉月がついさっきまでいたと伝えたら、会いたかったとうるさかったよ」

「そうだったんですか……」

会いたいと言ってもらえたなんて、心から嬉しく思う。

「やけに気に入られているな」

「ありがたいです。私もお会いしたかったです」

「そう言ってもらえると喜ぶよ。あの母親はああ見えて、好き嫌いが激しいからな」

そうは見えないが、私は笑った。

「母さんも、葉月が家に来てくれてよかったと思ってるよ」

それは彼もそう思っていると受け止めていいのだろうか……。

私はその夜、彼の部屋のベッドで眠った。姉のことで落ち着かない私を気遣うように、彼は寝つくまで背中を擦ってくれた。キスしてもらえなかったのは残念だったが、抱きしめられているだけで気持ちが安らいだ。

しかし、そうしてキスをしてもらえない日が翌日も、その翌日も続いた。目の前にいるはずの彼が遠く感じられる。その理由は、私に魅力が乏しいせいではないかと不安になってきた。

翌日、私は朝から友梨香に手を合わせていた。

「ねぇ、友梨香。お願いがあるの」

「何？　葉月が頼み事なんて珍しい。御曹司絡み？」

「うん」

「ふーん、何？」

彼女は興味津々に私の瞳をのぞき込む。

「あのね、お化粧を教えてもらいたいの。もしよければ今日、お買い物に付き合ってくれないかな？」

私はここのところずっと泣いてばかりいるせいで、彼に子供だと思われている気がしていた。だから、キスもしてもらえない……。外見からでも背伸びしたかった。

私がお願いすると、友梨香は二つ返事で引き受けてくれた。

講義が終わると、友梨香のよく行く店に連れて行ってもらった。そこでメイク道具と洋服をいくつか購入した。大人っぽさを意識したものを揃えると、不思議と気持ちが落ち着いた。

友梨香に「どうせなら着て帰りなよ」と言われたので、買ったものを身に着けて帰宅した。気分は完全に〝大人〟だった。

しかし、仕事から帰宅した彼の反応はいま一つだった。

「急に化粧なんかしてどうした？」

「え、変ですか？」

彼が答えないので、「と、共哉さんとつり合いたくて」と小声で言った。

「弥生はタイプじゃないが……」

彼は、私が姉を意識して化粧をしたと思っているようだ。

「違います。私が共哉さんよりだいぶ年下なので、少しでもつり合うように、大人の雰囲気を出したいと思ったからです」

とはいうもの、化粧をしても、しょせん私は私なのだろう。無理につくろった自分が惨めになる。

「葉月……」

「落としてきます」

〝似合うよ〟と言われることを少し期待していた。私は泣きそうになって、下唇を噛みしめた。こんなことで泣くなんて、大人の女性からまたかけ離れてしまった。

「勘違いするな。似合ってる」

「嘘……」

私は半分泣きかけの顔で彼を見上げた。

「驚いただけだ。その服も俺のためか？」

私はこくりとうなずいた。いつもは穿かないような丈の短いスカートに、黒のニットは、マネキンが着ていてとても素敵だったから購入した。しかし地味な私には似合わなかったのかもしれない。

「そう、いいんじゃないか」

「え……」

「ただそれは大学には不向きじゃないか？　下着が見えそうだぞ」

その指摘に私はスカートの裾を下に引っ張った。恥ずかしくて、顔を上げられない。

「それは俺と出かけるときだけにしろ」

「は、はい……」

「普段お前が着ている服も嫌いじゃないが、もし服が欲しいなら買ってやるよ」

「でも……」

「週末一緒に買えばいい」

私はようやく顔を上げて、彼を見た。

「共哉さんの好みのもの、教えてくれますか？」

「あぁ」

私の大人デビューは成功とは言えなかったが、次の買い物の約束ができただけでも良しとしなければならないのかもしれない。

その夜も彼の部屋で一つのベッドに入る。彼に「おいで」と抱きしめられる瞬間が一番緊張する。

もしかすると化粧の効果があったのかもしれない。久しぶりに彼が私の頭にキスを落とした。唇が当たっただけかと初めは思ったが、何度と降るそれにキスだと確信し、私は彼の胸に埋めていた顔を上げた。そして瞳を閉じた。

すると、そこに予想したものが落ちた。彼の唇は少し冷たかったが、私の熱くなった唇にちょうどよかった。

唇が離れると、私は彼の瞳を見つめた。胸の鼓動が激しくなる。すると、また唇が重なった。ついばむように何度も軽いキスが落ちる。心の奥で、もっともっとと望んでいる自分がいる。

「葉月、熱い……」

彼は唇を離して私の頬に手で触れた。

「共哉さん……」

「ん？」

「本当はずっとキスしてほしかった……」

なんて大胆なことを言っているのだろう。自分が自分でないようだ。きっと彼の甘い熱に侵されているに違いない。

彼はまるで噛みつくように私の唇を塞いだ。恥ずかしくなるくらいに音を立てる。大人のキスをしかけられた瞬間、身体の奥がひどく熱くなった。

どれくらい舌を絡ませ合っていたのだろう。ようやく離れた彼の唇は艶やかに光っている。

「葉月、可愛い……」

その言葉が私の胸に響いて、彼への想いが溶け出すのを感じた。

「とも、やさん……」

私はたまらなくなって、彼に抱きつく。

「共哉さん、好き、好きです」

「葉月……このままお前をもらっていいか？」

私は顔をゆっくり上げて彼を見つめた。

「嫌か？」

私は今まで彼に嫌なことをされたことはない。

「嫌じゃないです」

すると、突然身体が反転して視界が変わった。私の上に彼がいて、見下ろされている。

私がびっくりして目を瞬かせると、彼が優しく微笑む。

「なるべく優しくするから」

「はい……」

わざわざ宣言しなくても、彼はじゅうぶんに優しい。

「苦しいときは言えよ。我慢しなくていいからな……」

そう告げると、彼は唇を重ね、その唇を私の頬、鼻、そして耳へと這《は》わせていく。私はくすぐったいような感覚にたまらず身体をよじる。その様子に彼が「可愛いよ、葉月」と、耳元で甘く囁く。

覚悟を決めたはずなのに、あまりの刺激の強さに呼吸もままならない。彼の唇は私の首をたどり、さらに下へと這っていく。逃げ出したくても、強く抱きしめられていて、身動きできない。

「と、ともや、さん……」

「大丈夫だ、葉月。楽にして」

もう一度彼が唇にキスを落とす。そのまま舌が分け入ってきて、舌と舌が絡み合う。全身から力が抜けて、抵抗する気力も奪われていく。

彼から絶え間なく与えられる刺激で、どうしようもないくらい身体が熱い。苦しいのに、もっと先を求めている自分がいる。知識や理性は全く役に立たず、自分が自分ではないような反応をしてしまう。

彼に変に思われないか心配になるが、彼にリードされて溶かされていく身体は、もう自分の意思ではコントロールできない。彼に「葉月」と呼びかけられるたびに、胸の奥が震える。

やがて、彼が私の中に入ってきて、私はその熱を受け止めた。彼のものになった喜びよりも、あまりの痛さに顔が歪む。あふれる涙を彼の唇が優しく拭う。

目を微かに開くと、彼も苦悶の表情を浮かべている。苦しいのは彼も同じだと思うと、ほんの少し痛みが和らいだ気がした——。

彼は私の中から出て行くと、私を優しく抱きしめ、愛おしそうに髪を指ですく。

「きついか？」

「少し……」

「初めてだったもんな」

私は小さくうなずいて、彼の腕に自分の腕を絡ませる。

「このまま休んでいいぞ」

私は甘えて、彼の腕を枕に、無防備な彼の胸に顔を埋める。素肌のままで恥ずかしいが、今はそれよりもこの温もりに包まれていたかった。こうしていると、さっきまでの濃厚な時間が夢だったかのように思えてくる。

私は現実だったことを確かめたくて、「共哉さん……」と彼の名前を呼んだ。

彼は「大丈夫。ここにいるから」と答えると、頭を撫でていてくれた腕を私の背中に回し、優しく抱きしめてくれた。


翌朝、目を覚ますと、昨晩の熱は消え去り、慣れない素肌の感触と鈍い痛みに一気に現実に引き戻される。

ドアの向こうには、もう宮前さんがいるはずだ。部屋から出て行くときのことを考えるだけで顔が火照る。どう挨拶すればいいのだろう。

とにかく共哉さんを起こさないようにベッドから抜け出し、まずは服を着たい。

私の上に乗せられた彼の腕をそっと持ち上げて、抜け出そうとした瞬間、彼に気づかれて、背後から抱きしめられた。

「おはよう」

「お、おはようございます」

昨夜、熱で溶かされた脳は、今は正常に機能していて、恥ずかしさは昨夜より上かもしれない。太陽の明るさの中、素肌同士だという事実が羞恥心を生む。夜は人を解放的にさせる力があるとしか思えない。

「なに逃げてんだ？」

「だ、だって、着替えなきゃ……」

「まだ早いだろ？」

「でも、宮前さんが……」

「大丈夫だ。この部屋は防音だ」

フルートの練習には最適だが、こういうことのための防音ではないと思う。

「それより身体は大丈夫か？　今日は無理せず休めよ」

風邪でもないのに休めないし、第一、宮前さんに休んだ理由をどう説明すればいいかわからない。心配しておかゆでも作ってくれたとしたら、なおさら申し訳ない。

「だ、大丈夫です」

「本当か？」

「本当です。それに今日は二限からなので、もう少しゆっくりでいいんです」

「俺もゆっくり出たいな」

「できることなら休みたい」

それは意外な言葉だった。まるで、私と一緒にいたいと言われているみたいで自惚れそうだった。いや、仕事の疲れが溜まっているのかもしれない。昨夜、慣れない私にたくさんの時間を要してしまったから、寝不足なのは間違いないだろう。

しかし、もちろん彼は簡単に休めるわけもなく、私をベッドに残して先に家を出た。

彼が出てしばらく経ってから、私はようやく起き上がって、床に脱ぎ捨てられたパジャマを身につけた。その際に、自分の胸に赤い痕を見つけて驚いたが、彼の仕業だとすぐにわかり一人赤面した。

シーツがシワだらけだから、キレイに敷き直そうとして布団をまくると、そこにはあまりに生々しい、初めてを示す〝赤〟の痕跡があった。帰ったらすぐ自分で洗濯することに決めて、私は布団を被せた。

大人になるのは大変なことだとつくづく思う。

宮前さんに何か聞かれるのではないかと、気後れしながらリビングに顔を出したが、彼女は普段どおりの笑顔を見せるだけだった。

遅い朝食を取って、大学へ向かう。車を降りると、正門に児玉さんの姿を見つけた。さり気なく通り過ぎようとしたが、案の定、話しかけてきた。

「葉月ちゃんって、政略結婚なんだってね？」

「えっ……」

強烈な不意打ちを食らって、思わず足を止めた。

「寿屋のお嬢様なんだって？　大変だったらしいね寿屋」

どうして児玉さんはそれを知っているのだろう。友梨香にすら、寿屋の経営状態について何か話したことはない。

「ねぇ、家のために身を売っていいの？　まだ若くてキレイなのに」

あまりの嫌な言い方に、めったにない怒りを覚える。

「それ、あの人につけられたんだ？」

急に児玉さんの手が伸びてきて、私の首元に触れた。

「なっ……」

得体の知れない気持ち悪さに後ずさる。

「僕はバツイチでも構わないよ」

「なに言って……」

「それだけは覚えておいて。じゃあね」

彼は不気味な笑みをたたえながら、私に背を向けて行ってしまった。

さっきまでの幸せな気分が一瞬で消えた。私はしばらくそこから動けなかった。

その日、一日中、児玉さんの言葉が頭から離れなかった。事情を知らない他人からとやかく言われることが、こんなに腹立たしいものだと思わなかった。

大学から家に戻ると、私はリビングのソファに腰を下ろした。一息ついていると、携帯が鳴った。

「葉月、もう家か？」

共哉さんの声を聞くだけで心が癒される。私が「はい」と答えると、彼も安堵したように小さく息を吐いた。

「身体は平気か？」

「平気です」

「そうか。よかった。あのな、今夜少し遅くなるんだ」

その言葉に、癒されかけた心がたちまちしぼむ。できれば、今日は彼にそばにいてほしかった。

「大丈夫か？」

押し黙ってしまった私を彼が心配する。

「はい。あ、頑張ってください」

私は彼に心配をかけまいとして、努めて明るい声で返事をした。でも、寂しさでいっぱいだった。

　連絡があったとおり、その夜、彼は帰りが遅く、私は一人でベッドに入った。翌朝、起きてみると、彼はもう仕事に出かけてしまっていて、結局、丸一日、顔を合わせることすらできなかった。

　それからしばらく、彼に会えない日が続いた。彼が休日も仕事になってしまい、約束していた週末の買い物も延期になった。

　まるで結婚当初の暮らしぶりに戻ったようだったが、唯一違うのは、朝、目を覚ますと彼のベッドで寝ていることだった。ときどき彼の帰宅を待って、そのままソファで寝てしまうこともあったが、そんなときでも深夜に帰宅した彼が部屋まで運んでくれたようで、起きると、必ず彼のベッドの上にいた。

　そしてこの日、ほぼ半月ぶりに彼が早い帰宅をした。開口一番、私の姉から連絡があったと教えてくれた。

「急だが、明日会いたいと言っている。どうする？」

　明日は土曜で大学は休みだ。しかし、彼は時間がとれるだろうか。

「俺なら大丈夫だ。葉月がいいなら、昼飯を一緒にしたいと思う」

「お願いします」

　その夜、彼と久しぶりに一つのベッドで寝た。姉に会うのは明日だというのに、私は早くも緊張していた。

「共哉さんにギュッてされると落ち着きます」

私がしがみつくと、彼は背中を撫でて応えてくれた。私は甘えたくて、胸に顔を寄せて彼をじゅうぶんに感じた。彼のキスが唇に降ってきたときは、思わず泣きそうだった。

翌日、彼が姉との会食の場に選んだのは、初めて彼と食事をした和食料理店だった。緊張で押しつぶされそうだったが、店の前まで着くと、彼が私の手を握って「俺がついている」と言ってくれたので、なんとか気持ちを落ち着かせることができた。

店内に入り、予約している個室へ向かう。姉はもう先に席に座っていた。

「葉月……」

すぐ横には姉の夫だろうと思われる男性が私たちを見て立ち上がった。私たちが後から到着したことを詫びると、「いえ、今、私たちも来たところですから」とその男性は朗らかな笑顔で応じた。

「葉月、座ろう」

「はい」

個室に入ってから、私はまだ一度も姉と視線を合わせることができなかった。しかし、目の前の姉からの視線は強く感じていた。

「はじめまして。葉月の夫の蓮池です」

「はじめまして。弥生の夫の渡部《わたべ》です。今日はわざわざありがとうございます」

「いえ、こちらこそありがとうございます」

私がうつむいている間に、二人は名刺交換をした。

「IT関係ですか？」

「えぇ、まぁ。蓮池さんのことは存じ上げておりますよ」

「それはどうも」

それは共哉さんの会社が有名だからだろう。

「蓮池さんはどうして葉月と結婚を？」

姉の質問は唐突で、私は驚いて反射的に顔を上げた。

「どうしてと言いますと？」

「葉月はまだ若いのにどうして……」

そっと姉を見つめると、その顔には前回同様に明らかに怒りが見てとれた。

「葉月とは縁がありまして。彼女は現在大学生ですが、私を支えてくれています」

姉の質問の答えからずれているものの、私には嬉しい言葉だった。

「縁って何？　父に頼まれたんでしょう？」

姉が彼を見る目は鋭く、私の心までえぐった。それは事実であり、恩地さんや児玉さんにまで指摘され、胸の奥でくすぶっていることではあった。

「いえ、そうではありません」

「嘘よ」

彼は嘘をついた。私を傷つけないよう優しい嘘を……。

「嘘ではありません。ですが、私たちの話は後にしましょう。まずはお義姉さんのお話を聞かせてください。葉月は知りたいはずです」

彼は本当に優しい。その心遣いに苦しくなるほどだ。ようやく私たち姉妹の視線が交わる。でも、私は上手に笑顔を作れなかった。

彼が私に代わって姉に尋ねる。

「お義姉さん、今はどちらにいらっしゃるのですか？」

姉はしばらく間を空けた後、私から視線をそらして答えた。

「彼の実家よ。家を出てからずっと彼の両親と住んでるわ」

「弥生姉……」

「葉月、ごめんね。連絡したかったけど、あの家に縛られたくなくてできなかったの。彼といたかった……」

姉は泣いているのだろうか。うつむいたままで、こちらを全く見ない。

「ごめんね、葉月……」

今の私は、誰かを好きになるのがどんなことか知ったから、姉の気持ちは痛いほどわかる。とはいうものの、家を出て私の知らない人を夫にし、その家族と暮らしていることは、自分が見捨てられたようで、私にとってやはりショックだった。簡単に受け入れることはできそうになかった。私が一人悲しく泣いていた日も、姉は楽しく暮らしていたのかと思うとたまらなかった。

「何度も葉月にだけでも会いに行こうと思ったわ、でも、できなかったのよ」

「葉月ちゃん、弥生はいつも君のことを気にかけていたんだよ」

初対面の相手からそう言われても、素直には受け取れない。

私が無言でいると、共哉さんがテーブルの下で手を強く握ってくれた。

「お義姉さんは出ていったとき、すでに妊娠していたんですか？」

「ええ……」

三年前のあの日の姉の姿が鮮明に思い出される。

「守りたかったのよ、お腹の子を。だから家を出たわ。あのまま家にいたら、子供を産むことは許してもらえなかったと思う。そして、お見合いを強制されて……」

姉が言葉に詰まると、姉の夫が抱き寄せてなだめた。二人の間には夫婦の絆が確実に存在しているのがわかる。

姉の言うとおり、実家にいては幸せになれなかったに違いない。姉の話したことはきっと現実になっていたはずだ。父の冷酷さをよく知る私は、それを考えると身体が震えた。

「弥生姉はずっと私に会いたいと思ってくれてたんだよね？」

「もちろんよ。葉月はどうしてるかなって、いつも思ってた。ごめんね。葉月を置いて家を出て……」

姉が涙を流す。その涙は私にまで伝染してしまいそうだった。

「もういいよ、弥生姉……」

「葉月……」

私はもっと大人になるべきだ。目の前の姉の夫と娘に、大好きな姉を奪われたと嫉妬するのはもうやめよう。

「大好きだった弥生姉が結婚して、出産して……私の知らない現実を知ることが悲しかったよ。でも、弥生姉の気持ちもわかる。もし私も同じ立場なら、きっと同じことをしてたはずだから……」

私は彼の手の温もりを感じながら、そう確信する。

「ありがとう、葉月……」

姉の顔がやや明るくなったのがわかった。これでよかったのだ。

「弥生姉、これからは会えるんだよね？」

「もちろんよ……」

私は姉の泣き顔に、今度こそ我慢できずに泣いてしまった。彼が隣からハンカチを差し出してくれた。

「子供、女の子だったよね……」

「そうよ美月っていうの。名前は葉月の月からとったのよ」

「そうなんだ……」

「葉月みたいなキレイな心を持ってほしくてつけたの」

「なんか恥ずかしいな」

「今度、また会ってくれる?」

「う、うん」

少し返事に迷ったが、「よかった……」と安堵する姉を見てよかったと思った。

私と彼は、姉夫婦を乗せた車が見えなくなるまで見送った。

「よかったな」

「はい」

姉が私たちのことを問いただしたのはあれっきりで、姉の話を聞いた後はみんなで穏やかに食事をしてお開きとなった。きっと姉はせっかくの和やかな雰囲気を壊したくなかったのだと思う。

「共哉さん、ありがとうございました」

「いや、俺は何もしてないよ」

私は彼の顔を見つめて、「いえ……」と首を横に振った。彼が私に優しい笑みをくれるだけで、私に力をくれる。それだけでじゅうぶんだった。

共哉さんはマンションまで私を送ると、そのまま仕事に出かけて行った。忙しい中、私のために時間を作ってくれたことに感謝した。

「疲れた……」

私は久しぶりに姉と会うという緊張から解放されて、ソファに身体を沈めると、そのまま寝入ってしまった。

私が目を覚ますと、窓の外はすっかり暗くなっていた。焦って起きると、彼はまだ帰宅してなかった。ホッとする一方で、寂しくもあった。

夕食の準備に取りかかる前に携帯をチェックすると、メールの着信が二件あった。確認すると、一通は姉からで、もう一通は児玉さんからだった。姉はともかく、後者のメールはスルーするつもりだったのに、操作を誤って先に開いてしまった。

どうせたいした用件ではないだろうと思いながら、削除するつもりで目を落とすと、添付されていた画像に衝撃を受けた。

その直後、携帯が鳴り、画面に児玉さんの名前が表示された。電話に出た私の声は震えていた。

「葉月ちゃん、メール見た？」

私は返事をできず、押し黙った。

「見たんでしょ。旦那さん、ひどい人だよね。たまたま見かけたんだ。そしたらまさか葉月ちゃん以外の人と……」

児玉さんからのメールに添付してあったのは、彼が恩地さんとホテルの前で立っている写真だった。二人の距離は近くて、親密な関係であるように見えた。

しかし、先日共哉さんは、恩地さんとは何もないと私に話してくれた。マンションの下で会ったときも、彼女から私を守ってくれた。

「葉月ちゃん、大丈夫？」

「はい……」

何かの間違いだと思いたいが、ホテルの前に二人が立っていたのは疑いようのない事実だ。大きく心が揺れる。

「大丈夫じゃないでしょ。今からきみの家に行こうか？」

「いえ、大丈夫です！」

自分でも驚くような大きな声が出た。児玉さんを家に上げるなんてとんでもない。

「そう？　じゃあ、出ておいでよ」

「え？」

「旦那さんたちまだ出てこないよ、ホテルから。僕、今、そのホテルが見えるカフェにいるんだけど、二人が出てくるの待ってみない？」

「いえ、結構です。失礼します」

私は通話を切って、携帯を握りしめた。すると児玉さんから新たにメールが送られてきた。そこにはホテルとカフェの名が記されていた。もう一度私は画像を開いて、二人の姿を再確認する。

「なんで……」

何か理由があるのかもしれない。そう思うしかなかった。

私は自分の身体を強く抱きしめる彼の体温を思い出した。あんなことを彼女にもするのだろうか。嫌な想像が浮かんでしまい泣きだしそうだった。

気が紛れるかもしれないと思い、夕食を作りにキッチンへ立つが、一向に気持ちが落ち着かない。私はソファに投げ出したままのカバンを手にとり、玄関へ向かった。

大通りに出て、タクシーに乗ろうとしたものの、自分で一度も拾ったことがないので、タイミングがつかめずうまく停まってもらえない。結局、あきらめて自宅に戻る。自分の無能さ、無力さに改めて気づかされる。

共哉さんが帰ってきたのは夜の九時を少し回った頃だった。

「ただいま」の声が私の胸を苦しくさせる。

「おかえりなさい」

「ごめんな、遅くなって」

私は曖昧に首を振って、彼を見つめた。

「ん？」

彼の優しい瞳と視線が絡む。それから彼の手が私の頭をゆっくりと撫でた。

「あの……ずっとお仕事だったのですか？」

「あぁ」

もし気の強い人なら、先ほどの写真を見せて問い詰めることもできただろう。しかし、私は「そうですか」と、しおらしく引き下がることしかできない。

「葉月も夕食まだなのか？」

彼はテーブルに逆さまに置かれている二人分の食器を見た。

「まだです……」

「悪かったな。先に飯にするか」

「はい……」

恩地さんとは、食事をしていないのだろうか。だとしたら何のためにホテルに行ったのか……私の中でまた嫌な想像が広がるが、やはり口に出せなかった。

食事中、会話は途切れ途切れだったが、普段も静かな時間が流れることが多いので、特別不自然なことではなかった。

「お姉さんから連絡は来た？」

「あ、はい」

そういえば、まだ姉のメールを開いていなかった。きっと、後で送ると約束した姉の住所が記載されているはずだ。

「次は二人で会えそうか？」

「はい……」

彼は「よかったな」と優しく笑いかけてくれたが、その笑顔が今は胸を締めつけた。

結局、その日は何も聞けないまま、私は彼に抱かれた。そして疲れて眠る彼を見て、密かに泣いて夜を越した。


翌朝の日曜日、私は「おはよう」という共哉さんの声で目を覚ました。

「共哉さん、今日、お仕事は？」

「休みだ。買い物の約束、今日でいいよな？」

「はい」

昨夜の切ない気持ちが払拭されるように、喜びが胸に広がる。彼の言葉ひとつで私の心は簡単に操られてしまう。

家具を買いに出かけたはずなのに、彼が初めに向かったのはジュエリーショップだった。私はもしかしてと彼を見上げると、彼は自分の左手の薬指を触って見せた。そして、私の手を引き、店内へ足を踏み入れた。

彼はきらびやかな指輪が並ぶショーケースの前に私を連れて行き、「どんなものがい い？」と、繋いでいた手を私の背中に回して言った。

突然の提案に、頭がついていかない。どれも素敵なものばかりで、目移りしてしまう。すると、彼は店員さんに「人気があるのはどれ？」と聞いてくれた。

児玉さんに指輪のことを指摘されたからだろうか。彼は私に間違いなく結婚指輪を買おうとしてくれている。

私はおすすめの指輪をいくつか嵌《は》めさせてもらった。

「どう？」

「素敵です」

「そう……」

ある程度、店員さんにチョイスしてもらったのに、その中から一つに絞ることは難しかった。指輪をつけること自体が初めてで、甲乙つけがたい。

彼はそんな私に、イライラする様子を見せることもなく、気長に付き合ってくれた。

「こちらはいかがでしょうか？」と、店員さんが新たな指輪を目の前に置いた。

それはリング全体に小さなダイヤが散りばめられていて、その中心に月の形をしたダイヤが一つ埋め込まれているものだった。私は名前が葉月なだけに、単純に月の形のものには弱い。

「可愛い……」

「こちらは限定品でして、今日入荷したばかりです」

私は引き寄せられるように手にとって嵌めてみた。

「これにしようか、葉月」

「でも……」

「値段は気にするな。これがいいだろ？」

私が恐縮してお辞儀をすると、彼は優しく微笑んだ。

彼に合うサイズはあったが、あいにく私にピッタリのものがなかったため、サイズ合わせをしてもらうことになった。そのため、受け取りは後日になった。

店を出て、彼に改めてお礼を言うと、「こっちこそ、今まで放っておいてごめんな」と言ってくれた。嬉しくて私の瞳には、うっすら涙がにじんでいたと思う。

車に乗って、本来の目的であるインテリアショップに移動する。

選ぶのは二人で使うベッドのため、私は気恥ずかしくて、終始うつむき加減で商品を見て回った。ベッドに並んで寝ころんで選んでいるカップルもいたが、私は座って感触を確かめるのが精いっぱいだった。

それでも無事、目的を果たし、明日には新しいベッドと、あわせて選んだサイドテーブルが届くことになった。

しかし、ベッドが届いてからというものの、彼の仕事が忙しくなってしまい、広いベッドに入るときも、起きるときも一人の日が続いた。広くなったぶん、一人の寂しさが余計に身に染みた。


そんなある日の、大学での昼休みのときのことだ。

昼食を食べに友梨香と学食へ入ろうとすると、背後から「こんにちは」と声をかけられた。振り向いた私は目を丸くした。そこには敵意に満ちた形相で、恩地さんが立っていた。どうして彼女がここにいるのか全く理解できない。あまりの場違いさに言葉が出てこない。

「葉月、知り合い？」

友梨香が怪訝そうな顔で恩地さんを見る。

「う、うん……」

「ちょっといいかしら。話がしたいの」

恩地さんは友梨香の視線を気にすることもなく、私に挑発的な視線を向けた。その視線に触発されるように、児玉さんから送られてきた写真が思い出される。私の背中を冷たい汗が伝う。

「大丈夫？　顔色悪いけど」

「うん、平気。友梨香、先に食べててもらえる？」

「うん。いいけど……」

私は恩地さんと中庭に向かった。空は雲が立ち込めていて、今にも雨が降り出しそうだった。それはまるで、私の心模様のようだった。

「何のご用でしょうか？」

威圧するつもりが、声が裏返ってしまい、恩地さんは嘲笑《ちょうしょう》を浮かべた。

「あなた、知ってるの？」

「え？」

「共哉さんの会社、今大変なのよ」

全く気づいていなかった。私は目を見開いて立ちすくむ。

「その様子じゃ知らないみたいね。お嬢様はのん気ね。最近の彼、忙しそうでしょ」

たしかに彼の帰宅はほぼ深夜で、忙しそうなのは間違いない。

「大口の取引先が倒産したのよ」

私にはそれがどれだけ重要なことなのかがわからない。

「売上のかなりの部分をその取引先が占めてたから、資金難で今、大変なの。あなたの実家を助けたりしなければ、ずいぶん違ったんでしょうけれど」

「……」

「寿の負債を援助するために、資本参加したのは痛かったわね。もし私と結婚していれば苦しまずに済んだのに」

彼女は大きくため息をついて、私を睨んだ。寿の負債額は知らないが、結構な額だと彼は以前言っていた。

「今でも間に合うわ。彼と別れなさい」

「えっ？」

「わかるでしょ？　今の彼を救えるのは私だけだわ」

私は言葉を失い、何も言い返せない。

「どうせ共哉さんはあなたのことが好きで結婚したわけじゃないんだから。私でもよかったって彼に言われたわ」

「そんな……」

彼がそんなことを言うはずがないと信じたいが、あの写真が脳裏をかすめる。

「彼は優しいから、あなたには言わないでしょうけどね」

彼の優しさを知っているということは、それなりに深い関係だということだろうか。

「彼って情熱的だから、あなたが勘違いするのもわかるけど」

その意味深な言い方に、私はひどく動揺した。私のうろたえる姿を楽しむかのように、恩地さんは意地の悪い笑みを浮かべている。

彼女は「わかったわね？」と私に念を押すと去っていった。その場で私は立ち尽くしていた。

しばらくして友梨香が「大丈夫？」と駆け寄ってきた。心配して探しにきてくれたのだろう。なんとかうなずいたものの、ショックで口もきけない状態だった。

気がつけば、私は自宅に戻っていた。あれから帰宅までの記憶がはっきりしない。

彼の会社は本当に危機に瀕《ひん》しているのだろうか。彼に確かめてみたいが、どう切り出していいのかわからない。

それに〝あなたのことが好きで結婚したわけじゃない〟という恩地さんの台詞が頭にこびりついて離れない。好きでもない私が出しゃばるのも憚られた。

精神的ダメージが大きくて、今日は彼と顔を合わせたくなかった。それなのにこんな日に限って、彼の帰宅は早かった。

「ただいま」

普段なら嬉しいはずの言葉が私をたじろがせる。

「おかえりなさい。早かったですね」

「たまには早く帰らないと、葉月が寂しいかと思って」

「ありがとうございます」

私は逃げるようにキッチンに行って、鍋に火をつけた。すると、彼がついてきて、私の肩越しに鍋をのぞいた。

「うまそうな匂いだな。ミネストローネ？」

「はい。あ、あの……」

私が振り向くと、唇が重なった。

「先に飯にしようか」

「はい」

私は作り笑いを見せて、支度を始める。彼が離れると、小さく息を吐いた。

「久しぶりだな」

「はい……」

彼と向かい合って食事を取るのは何日ぶりだろう。

「あの……」

「うん？」

彼の眼差しが柔らかなことを確かめて、私は思い切って口にした。

「前にここに来られた恩地さんって、何のお仕事をされているのですか?」

唐突すぎただろうか。彼の顔が無表情なものに変わる。私は思わず「すみません」と謝った。

「急にどうして?」

「ずいぶんキレイで華やかな人だったので、どんなご職業なのか気になって……」

私のしどろもどろな説明に、彼はしばらく黙っていたが、ゆっくりと口を開いた。

「彼女が仕事をしてるかどうか知らないが、実家は金融業を営んでるよ」

「金融業って、人にお金を貸したりする……」

「あぁ」

だから、彼女は助けられると自信満々だったのだ。

「でも、何で?」

彼が鋭い視線を私に投げる。私は「なんでもないです」と身体を縮こませた。

「ふーん。まさか彼女が接触してきた?」

見事に言い当てられ、心臓が脈打つ。でも、私は首を横に振った。

「何かあったら、すぐ言えよ」

「はい」

深く追及されずに済んだことに胸を撫で下ろす。

「やっぱり、なんか今日おかしくないか？」

「えっ？」

「いつも今日の料理どうですか？　って聞くだろ」

「あっ、忘れてました」

彼の視線が胸に突き刺さって痛い。このままごまかしきれるだろうか。

取ってつけたように尋ねる。

「どうですか？」

「美味いよ」

「美味しい、ですか？」

「そう言ってる」

あんなに美味しいとは言わなかったのに、彼こそどうしたのだろう。私は喜ぶ以上にその変化に驚いてしまった。

視線を向けると、彼の顔は照れているのか、ほんのり赤みを帯びている。思わず私は小さく噴き出してしまった。

「お前も食べろよ」

「はい！」

彼は不機嫌そうに言ったが、照れ隠しであることがわかった。だから、私は嬉しさを隠さずに明るく返事をする。

食事とお風呂を済ませると、初めて彼と一緒に新しいベッドに入った。

彼は私を抱き寄せ、身体を包み込んだ。その温もりとあの写真、そして恩地さんの言葉が心の中で複雑に絡み合って、切なさに涙がこぼれそうになる。でも、涙を見せたら、彼に理由を尋ねられてしまうだろう。だから必死に我慢した。

「葉月……」

彼の名前を呼ぶ声に寝たふりをする。返事をしたら、声の震えに気づかれてしまいそうだった。

「寝たのか？」

じっとして、息を乱さぬように注意する。やがて彼は「寝たか……」と呟くと、私の背中を優しく撫でた。その温もりが今は辛い。彼の寝息が聞こえるまで、私は声を上げずに枕を濡らした。


翌朝、大学へ行くと、児玉さんが正門の前で待ち構えていた。踵《きびす》を返して逃げ出したいが授業を休むわけにもいかない。

「おはよう、葉月ちゃん」

私は聞こえないふりをして、通り過ぎようとした。しかし、彼が私の腕を掴んだ。

「何の用ですか？」

私は掴まれた腕を強く引いて、彼の手を振り払おうとする。

「葉月ちゃんの旦那さん、一昨日もあの女の人といたよ」

「えっ？」

彼の手は振り払えたものの、私の腕はそのまま力なく落ちた。

「葉月ちゃんの旦那さん、間違いなく浮気してるよ。毎日、帰りが遅いんじゃない？」

「で、でも、昨日は早く帰ってきてくれました」

私がムキになって答えると、彼は可笑しそうに笑う。

「それはバレないようにするためじゃない？　毎日浮気相手といれば、さすがに気づかれちゃうからさ」

それも一理あるため、何も言葉を返せない。

「僕なら絶対浮気しないよ」

「……」

「葉月ちゃんを困らせたりしないから。本当に葉月ちゃんのことを想ってる」

これが共哉さんの言葉ならどんなに嬉しいか。でも、児玉さんに言われても気分が悪くなるだけだ。

「私はあなたではなく、彼が好きなんです」

「浮気されてるのに？」

その蔑《さげす》むような言い方に我慢できず、私は今来た道を走って逃げた。正門を出てしばらくしたところで振り返ると、児玉さんの姿はなかった。

もう出欠も取り終わっている頃だろう。いまさら教室に戻る気にもならないし、児玉さんと鉢合《はちあ》わせするもの嫌だった。かといって、他に行く当てもない。

頭に浮かんだのは姉だった。私は勇気を出して、先日、アドレス帳に登録したばかりの番号に初めて電話をかけた。姉も時間をとれるということなので、共哉さんと行ったことのある大学の近くの洋食屋で待ち合わせることにした。お昼が過ぎたこの時間帯なら、ドリンクだけの注文でもＯＫのはずだ。

姉は思ったよりも早く店にやって来た。きっと、急いで駆けつけてくれたのだろう。私の向かいの席に座って、とりあえず注文を済ませる。その顔は優しげで、私はそれだけで泣きだしそうだった。

「どうしたの？」

「弥生姉……」

いろいろ話を聞いてもらいたいのに、どこから話せばいいのかわからない。共哉さんを信じたい気持ちと、児玉さんや恩地さんから突きつけられた事実の隔たりが大きくて、私は混乱の底をさまよっていた。

「蓮池さんとケンカでもした？」

「私、彼が好きなの……」

なぜか最初に出てきたのはその言葉で、涙が一筋、頬を伝う。姉は立ち上がって、私の隣に座り直すと、幼かった頃のように、私の背中を優しく擦ってくれた。

「好きなんだね」

「そう。でも、好きなのに……」

「何があったの？　蓮池さんにひどいことされたの？」

私は首を大きく横に振る。

「弥生姉、私、どうしよう……」

私の瞳から大粒の涙がこぼれる。

「葉月、大丈夫だから。落ち着いて話を聞かせて」

姉の声は昔と一つも変わってなくて、私の心に優しく響く。

「私、共哉さんと一緒にいていいのか、わからなくなっちゃったの」

「どういうこと？　この前会ったときと違うじゃない」

「うん……」

「葉月は共哉さんのこと、好きなんでしょ？」

「私は好きだけど、たぶん共哉さんは違う。私が好きと伝えても返してくれたことがないし、他に仲のいい女の人がいるみたいなの」

彼を疑いたくないが、あの写真と児玉さんの言葉が私を苦しめる。

「その話、本当かわからないんでしょ？　私も夫と何度もケンカしてるわ。でも大抵はお互いの勘違いだし、ひどいことを口にしちゃうこともあるけど、いつも気持ちを伝え合って仲直りしてきた」

「でも私、ケンカすらできない……」

一方的に私が悩んでいるだけで、彼に問いただす勇気もない。ただの意気地なしにしか過ぎなかった。

「初めはそうじゃなかったのに、共哉さんと暮らしていくうちに好きになって、やっと想いが通じて幸せになれたと思ってたから、余計に辛いの……」

「……葉月、家を出てみたら？」

私は驚いて姉を見た。涙も止まるほどの衝撃だった。

「そんなに煮詰まっちゃってるなら、一度距離を置いて考えてみたほうがいいと思う」

想像もしていなかった姉の助言に、私は言葉を失った。

「葉月は男の人のことも、相手のことも、なんにも知らないまま結婚したわけでしょ。もしかすると、一緒にいて彼を好きだと錯覚しているだけかもしれないわ」

「違う……」

「違わないわ。私、調べたの」

「え？」

姉の瞳は真剣だった。

「お父様は蓮池さんにだいぶお金を助けてもらったんでしょ？　それだけで葉月には、彼のことが王子様のように見えているかもしれないでしょ」

注文したドリンクが運ばれてきた。姉は向かいの席に戻って、紅茶を一口含むと、だしぬけに言った。

「夫の親が、結構な資産家なの」

話がどこに向かっているのかわからないが、私は黙って続きを待った。

「お義父様に頼んで、蓮池さんに援助してもらった額を借りるわ。そうすれば葉月、あなたは蓮池さんから離れられる。一度よく考えてみて。実家とは縁を切るつもりでいたけど、葉月のためなら、話に行っても構わないわ」

「弥生姉……」

彼が好きだという自分の気持ちを疑ってはいない。ただ、彼の会社はそれで救われるかもしれない。私さえ我慢すれば、みんなが上手くいく……。

「私はそのほうが、葉月は幸せになれると思う」

「弥生姉……」

「すぐにとは言わない。よく考えてみて。どんな選択をしても、私は葉月の味方だから」

昔から姉はいつだって私の味方だ。私はうなずいて下唇を噛んだ。

その夜、共哉さんの帰りは遅く、私は先に寝ていた。夜中にふと目が覚めたので、リビングをのぞくと、彼がソファに座ったまま眠っていた。

風邪をひきそうなので、声をかけようと思って近づくと、つい最近嗅いだことのある香りが彼から漂った。記憶をたどるまでもなかった。昨日、恩地さんがつけていた香水と同じ香りだった。

「ん？」

私の気配を感じたのか、彼の瞳が開いた。

「葉月？　ただいま。俺、寝てたんだな……」

「お、おかえりなさい」

彼は身体を起こし、時計を見る。

「ごめん。起こしちゃったかな」

「いえ」

「風呂に入ろうかな」

「どうぞ。ご飯は食べられました？」

「いや。でも、寝てていいぞ」

そう私を気遣って、彼は私の頭を優しく撫でる。

「大丈夫です」

彼は「ありがとう」と言って立ち上がると、スーツのジャケットをソファに置いて浴室に向かった。

私は彼が見えなくなると、そのジャケットに手を伸ばした。

「どうして……」

鼻を近づけなくても、やはり、恩地さんの香りに間違いなかった。

姉の言うとおり、彼といったん離れたほうがいいのかもしれない。彼を疑っているわけではないが、彼を信じきれるだけの自信を失いつつあるのは確かだ。

それに姉の話と、激務に追われる最近の彼の姿を見れば、寿に出資したお金を彼の会社に戻してあげたほうがいいことは、私にでもわかる。

「葉月？」

彼がお風呂に入っている間、私はジャケットを手にしたまま、ソファに座り込んでいたようだ。

「あ、上がったんですね」

「あぁ……。大丈夫か？」

「あ、はい。ごめんなさい。ボーッとしちゃって」

「もう遅いしな」

私は急いでジャケットをハンガーに掛け、キッチンへ向かった。

「ご飯できましたよ」

「ありがとう」

彼の向かいの席から、食べ物を丁寧に口に運ぶ彼の顔を見つめる。

「どうですか?」

「ん? 美味いよ」

彼が頬をわずかに緩める。彼はきっと私を裏切るようなことはしない人だ。それはじゅうぶん頭ではわかっている。

それなのに今の私は混乱していて、信じきることも、確かめることもできない。彼と離れてみれば、心の整理がつくのだろうか。

ベッドに入るとすぐ、私は彼に抱きついた。彼は驚いて「葉月?」と私の顔をのぞき込んだ。

「好きです」

彼の顔を真っすぐに見つめて、私は初めて自分から彼にキスをした。

唇を離すと、彼が驚いた顔をしている。でも、構わなかった。

「好き。共哉さん……」

すると、彼が私の唇を激しく奪った。深いキスが繰り返される中、性急に着ていた服を脱がされる。なぜか今日は恥ずかしさを感じるより、彼に触れてほしくて仕方がなかった。

何度好きと伝えたかわからない。彼はその都度、私に優しいキスを落とした。ただ、彼から私のことを好きだとは決して言ってくれなかった。

翌日の日曜日、彼は朝早くから仕事に出かけた。

彼を見送ると、私は姉と連絡をとり、お昼にこの前の洋食屋で待ち合わせることになった。

「弥生姉、私、一度家を出てみようと思う」

昨夜、彼の寝顔を見つめながら、そう答えを出した。彼を寿のこと抜きで見つめ直してみたかったからだ。

「……そう」

「うん。弥生姉の旦那さんのご両親にはご迷惑をかけるけどいいかな？」

「もちろんよ。もう話してあるわ。それより今から実家に行くわよ」

「え？　実家って、寿の？」

「ええ」

る」

「でも弥生姉、本当にいいの？」

「私もお母様に美月を会わせたいとずっと思ってたの。だから、いい機会だと思ってる」

私の気持ちに負担をかけないように嘘をついてくれているのだろうか。それとも、姉の本心なのだろうか。

いずれにしても、私にとって、ありがたいことに変わりはない。

「ありがとう。じゃあ、お願いします」

実家には、私からその場で連絡を入れた。幸い父も母も家にいるようだった。

実家に着くと、母は玄関の前で私たちの到着を待っていた。そして「弥生……」と言ったきり、姉を抱きしめ、涙を流した。姉も目を潤ませ、私も隣でもらい泣きしてしまった。

「入りなさい。お父様が待ってるわよ」

父は出かけずに居間で私たちを待っていてくれた。

「お久しぶりです」

父への姉の態度はひどく他人行儀だった。

「今、どこに住んでるんだ？」

「あなた、慌てないで。まだ弥生も葉月も、座ってもないわ」

母は私たち姉妹を父の向かいに座らせた。

「お父様、お母様、私、結婚したの。娘も一人いるわ」

父も母も、目を見開いてしばらく黙り込んだ。

「夫は小さな会社の経営者だけど、彼のご両親は資産家なの」

「……何が言いたい？」

ようやく口を開いた父に、姉は「お願いです」と頭を下げた。

「蓮池さんにお金を返してほしいの。寿の負債のほうは、私の夫のご両親が出してくれるから、それで」

「どういうことだ、葉月？」

父に睨まれ、私は身体が震えた。しかし、本当は頭を下げる必要のない姉が頑張ってくれているのだ。きちんと私も伝えなければならない。

「弥生姉の義理のご両親にご迷惑をおかけすることになりますが、お父様、私をまたこの家にいさせてもらえませんか？」

共哉さんのことを聞かれたらきちんと答えようと思っていた。しかし、父は追及せずに、再び口を閉ざした。

「お父様、義理の父母にはもう伝えてあるの。寿の負債額を用意することは快諾してもらえたわ。それより私の娘に祖父母が増えることを喜んでくださってるの」

「子供はいくつなんだ?」

「三歳よ。美月って言うの」

母が「まぁ」と言って、ハンカチで目元を押さえる。

「女の子か?」

「そうよ。娘って言ったわよ」

父は表情を変えずに、「わかった」と言った。

「お父様、いいの? 葉月を解放してくれる?」

姉の言葉は、私が彼と嫌々一緒にいるように聞こえて、私は口を挟みたかった。でも、話がこじれて、せっかくの姉の頑張りを台無しにしたくなかった。私は喉元まで出かかった言葉をのみ込んだ。

父はしばらく考えた後、静かに言った。

「まずはお前の相手と、ご両親と話をさせてくれ。話はそれからだ」

金額が大きいから、たしかに簡単に済ませられる話ではない。

「わかったわ。夫にもご両親にも、時間を作ってもらうわ」

「葉月もそれでいいな?」

「はい」

私は父と姉に頭を下げた。

父には強い反対に遭うことを覚悟していたから、逆に拍子抜けした。父は私に一つも事の経緯を尋ねることなく、姉の連絡先だけ聞くと居間を出て行った。

その翌週、私は姉から「話がついた」という連絡をもらった。再度姉に確認されたが、共哉さんと離れる決意は揺らいでいない。しかし、新たな一歩を踏み出すことへ、まだ頭の中は混乱していて心が晴れることはなかった。

ただ最後に、家を出る前に彼の温もりを刻んでおきたくて、私は遅くまで彼の帰りを待った。

「おかえりなさい」

「ただいま。まだ起きてたのか？」

「はい。なんだか眠れなくって」

私はできるだけ明るく微笑んで嘘をつく。

「お風呂にしますか？　ご飯にします？」

「風呂にしようかな」

私は彼から荷物を預かり、浴室へ誘導する。そして、シャワーの流れる音が聞こえると、すぐ私も服を脱ぎ、中へ足を踏み入れた。

「葉月⁉」

彼は驚いたが、私は大胆にも後ろから彼に抱きつき、身体を密着させた。

「共哉さんの肌、冷たい……」

「まだ入ったばかりだからな。こっちにおいで」

向かい合う彼の顔は艶やかで、私の身体の奥まで一気に温める。今日は彼と触れ合っていたい。私は彼に身体をゆだねた。

余裕のない息遣いや、甘く私の名を呼ぶ彼の声を忘れないように、胸の奥に閉じ込める。そして、彼のキスや繋がったときの熱を深く身体に刻み込んだ。


密かにまとめた少ない荷物を手に、私は彼と過ごしたマンションを出た。テーブルには姉が寿の借金を返すことを伝えた手紙がある。それと私の欄だけ泣きながら埋めた離婚届を置いた。

「共哉さん、勝手にごめんなさい」

少し前は停めることさえできなかったタクシーを拾い、私は実家の住所を告げた。車が走り出すと、車窓からマンションが見えなくなるまで、後ろを振り返った。

「おかえりなさい、葉月」

実家に帰ると、母が柔らかな表情で迎え入れてくれた。父の姿がないことに、少し安堵する。

「葉月の好きなショートケーキがあるわよ」

テーブルの上には見慣れた母の手作りのケーキがあった。

私は、彼が初めてショートケーキを買ってきてくれたときのことを思い出す。それから二度目、三度目と記憶を引き出すうちに、自然と頬を涙が伝った。

「後でいただきます」

私は顔を伏せて、母の視線を避けると、そのまま自分の部屋へ向かった。

部屋は少しも変わっていなかった。ベッドに寝ころんで天井を見上げる。私の瞳から涙がとめどなくあふれた。

「共哉さん……」

今日からもう彼に会えない。この切なさは、〝好き〟という感情と異なるものなのだろうか。私には、そうは思えなかった。

実家に戻って以来、母の手伝いをしたり、フルートを吹いたりと、結婚前のような毎日を送っていた。基本的に家で過ごし、大学も児玉さんにつきまとわれるなど面倒になってしまい、自主休学していた。

結婚前の日常と一つだけ大きな違いがあった。それは娘を連れて姉が実家に遊びに来るようになったことだ。

「葉月ちゃん」

「美月ちゃん、いらっしゃい」

美月ちゃんは私の脚に身体をまきつかせて頬ずりする。

「葉月ちゃん、いい匂いがする」

「え？　あぁ、さっき朝ご飯作ったからかな。まだ、卵焼き残ってるよ。食べる？」

「うん」

美月ちゃんとはすっかり仲良しになってしまい、末っ子の私もなんとか〝お姉さん〟をしている。

「ごめんね、葉月」

姉は大きくなりつつあるお腹を抱えながら苦笑した。そこにはもう一つの命が宿っていて、寿家に新たな幸せを運ぼうとしていた。


そんなある日のこと。母にお遣いを頼まれて私は近くのスーパーに行った。すると、事もあろうか、恩地さんと遭遇してしまった。

「こんにちは……」

身体が拒絶しているものの、一応挨拶をする。

「実家に戻ったそうね」

「はい……」

どうして知っているのだろう。共哉さんから聞いたのだろうか。いずれにしても、もう私に用はないはずだ。

「私は今、共哉さんといるわ」

「えっ？」

「彼と別れてくれてありがとう。じゃあね、さようなら」

彼女はそれだけ告げると店を出て行った。

私は何も買わずに家へ戻った。共哉さんとの思い出に涙がこぼれそうだったからだ。

母は手ぶらで帰ってきた私に対して、何も聞かなかった。

彼は恩地さんと付き合っているのだろうか。私が離れて彼が喜んでいるのかと思うと、言いようのない悲しみに襲われる。

大学に行かないようになってからは、休学の要因になっているというのに、ほぼ毎日児玉さんから連絡が入るようになった。

といっても、電話には一切出なかった。ただ、メールだけは、彼について何か書かれているのではないかと思うと、気になって無視できなかった。もっとも実際にメールを開いてみると、私を好きというメッセージと、ハートマークをいっぱい羅列させているものばかりだった。

それだけアプローチされても、児玉さんに心を動かされることは一度もなかった。いや、ほかのどんな人に対しても、心が揺れることはなかっただろう。

理由ははっきりしている。共哉さんを忘れられないからだ。

私は彼が好き――。

それは錯覚ではない。今も心から彼を想っている。これから先、彼以上に人を好きになることはないだろう。


冬を迎える頃、机に頬杖をつき、ぼんやりと窓の外を眺めていると、私の部屋のドアが強くノックされた。答える間もなく振り向いたときには、すでにドアが開いていた。

そして、そこには、ずっと忘れることのできなかった共哉さんが立っていた。幻覚を見ているのかと目を瞬かせてしまう。

「葉月」

「共哉さん、どうして……」

その声を聞いて、現実だと再確認する。

「迎えに来た」

「え……」

彼の顔は最後に見たときよりも、疲れているように見えた。

「ごめんな。全部、お前の姉から聞いたよ。会いたかった」

彼は私を抱きしめ、強く包み込んだ。懐かしい彼の匂いと温もりに、めまいを起こしそうになる。

「なかなか会わせてもらえなかったが、ようやく会えた」

「えっ？」

するとドアの後ろから姉が姿を見せた。

「葉月、蓮池さんはあなたが家を出てから、毎日ここに通ってたの」

「……」

「私とお父様が会わせないようにしてたのよ。でも、蓮池さんの一途な気持ちに根負けして入れちゃったわ」

この家には広い庭がある。門前払いしてしまえば、私に会わせないようにするのはたやすいことだった。しかし、彼はあんなに忙しくしていたというのに、毎日会いに来てくれていたのだ。申し訳なさと嬉しさで胸が苦しくなる。

「あとは二人で話しなさい」

彼は私を抱きしめたまま、姉にお礼を言った。

「共哉さん……」

「葉月、よかった……」

顔を見上げると、彼の瞳の中に頼りなげな私が映っていた。

「離婚届は出されてないんですか？」

「あぁ。破って捨てた」

ホッとして涙が込み上げる。まだ彼の妻であることがこれ以上ないほど嬉しい。またあの家に帰って毎日一緒にいられる。

「いろいろごめんな。華がお前を苦しめたそうだな」

私は恩地さんの名前に身体を震わせた。

「葉月が見せられた写真は誤解だ。俺が仕事で取引先に会いにあのホテルに行った際に、彼女に偶然会ったところを撮られたものだ」

「えっ⁉」

「正確に言えば、〝偶然を装って〟か……。あの児玉に、誤解させるようなアングルで撮らせたらしい。あのホテルで俺が取引先と会った証拠もあるし、それでも嘘だと思うなら、あのホテルに連絡して、防犯カメラの映像を見せてもらってもいい」

私は首を大きく横に振った。やはり、彼は裏切っていなかった。ややこしくしたのは私の弱さだった。

しかし、恩地さんと児玉さんはどういう関係なのだろう。どこで接点を持ったのだろうか。彼に尋ねようとすると、そんなことがどうでもよくなる言葉を彼が投げた。

「俺が好きなのは、葉月だ」

「う、そ……」

私は彼に何度も好きだと伝えたが、今まで彼のほうからは一度も言ってくれなかった。それが彼のことを忘れようとした一因でもあった。

「ずっと伝えられなくて悪かった。お前に好きにならないと初めに伝えた手前、なかなか言い出せなかったんだ」

彼の顔が苦しそうに歪む。もしかすると私より彼のほうがあの台詞に苦しめられていたのかもしれない。

私は彼のシャツを握りしめ、頬に当てる。

「昔、お前を見かけて以来、ずっと気になっていたんだと思う」

「えっ⁉　前に言っていたパーティーのときからですか？」

以前彼は、私の父親が開いたパーティーで私に会ったことがあると言っていた。でも、私が父親のパーティーに連れて行かれていたのは、たぶん小学生の頃までのことだ。私があまりにも人見知りするので、さすがの父もあきらめて、無理に連れて行くことはなくなったのだ。

「いや、そのパーティーのときじゃない。実はお前が高校生の頃にも一度会ってるんだ」

「いつですか？」

「三年くらい前に、クラシックのコンサートに母親と行ったことがあるだろ？」

　そういえばそんなこともあった。でも、私はそこで彼に会った記憶はない。

「俺も取引先の付き合いで母親と行ってたんだ。そのとき、うちの母親と葉月の母親で話し込んでいたのを覚えてないか？」

　あの日はいろんな人に会った。私はうつむきながら挨拶をするので精いっぱいだったので、あまり人の顔を覚えていない。

「母親の後ろに隠れていた葉月を、俺は覚えてる」

「共哉さん……」

「見合いの話も葉月だから受けたんだ。結納より先に婚姻届を出して、事実上早く妻にしたかった。本当は〝都合がいい〟なんて少しも思ってなかったんだ。今まで黙っていてごめん……」

　私は夢でも見ているのだろうか。

「どうして、もっと早くに……」

「もっと早く伝えればよかったが、口に出さなくても伝わっていると思ってた……」

　彼からはなんとなく優しさを感じていたものの、本心から好きだなんて、とても察することはできなかった。

　私の瞳からとめどなく涙があふれて、彼のシャツに染みを作る。

「葉月、もう一度やり直させてほしい」

彼は私から少し距離をとって、私の左手をとった。すると、胸ポケットから小さな箱を取り出して開けて見せた。そこには、二人で選んだ指輪が輝いていた――。

「共哉さん……」

「今度こそ、俺の本当の妻になってほしい」

「はい」

「愛してる」

彼の心からのプロポーズ――。

見せかけでない、彼の本当の妻になりたかった私が一番望んでいたものだ。

「嵌めてもいいよな?」

まだ首を縦にも横にも振っていなかったが、彼はゆっくりとそれを指に滑り込ませた。

「なかなか取りに行けなかったんだ。もう少し早く行っていれば、葉月が出て行かずに済んだんだよな……」

彼は指輪を嵌めてすぐその指にキスを落とし、次に私の唇にキスした。

彼が今まで私にくれたキスの理由を、今、初めて知った。

共哉さんと住んでいたマンションへ戻ったのはその翌日だった。彼は休みをとって、私を迎えにきてくれた。同居を始めたときは運転手だけのお迎えだったが、今日は違う。

それだけで私は嬉しかった。

ところがマンションに着くと、エントランスに恩地さんの姿があった。

共哉さんは私の手を強く握って、自分の背後に回らせた。夢見心地の気分が一気に現実に引き戻される。

「共哉さん、どうしてその子が?」

「妻のことですか?」

「別れたんじゃないの? 彼女、出て行ったと言ってたわ」

「いえ、あなたの勘違いでは? そもそも従弟に誤解を招くような写真を撮らせるなんて、やり方が汚いんですよ」

彼の冷たい声が背中越しに伝わる。それより従弟とはなんのことなのか……私は思いついた答えにハッとした。

「誰に聞いたの?」

「調べたらわかりますよ。まぁ、彼は若いですから、少し追い詰めると、すぐに吐きましたがね」

「あら、そう……。ただ、あなたの会社、危ないんでしょ? それでもいいの? 私と結婚すれば簡単に立て直せるわ」

寿に出資したお金は姉から返してもらったはずだが、依然厳しい状態なのだろうか。

「会社が潰れるとは思っていませんが、もしそうなるとしても、あなたの手は借りませんのでご心配なく」

「どういうこと？」

「私は妻を愛してます。もし会社が潰れても、それでも彼女と一緒にいます」

「な、なによ！」

恩地さんの甲高い声が私の耳に届く。彼女がどんな顔をしているのか想像できて、私は身体を震わせた。

「お父様に言えば、あなたの会社なんかすぐ潰せるわ」

「そうですか。どうぞご自由に」

恩地さんは「なっ」と、言葉にならない声を出した。

「帰ろうか、葉月」

彼が優しい表情を私に向ける。私がうなずくと、恩地さんが叫んだ。

「どうなっても知らないわよ!!」

彼女はピンヒールの音を響かせて去って行った。

「葉月、行こう」

「共哉さん、よかったんですか？」

彼の会社のことがやはり気になる。

「あぁ。潰れないよ、あの女がどうにかできることじゃない」

「でも……」

「葉月は気にしなくていい。ただそばにいてくれるだけでいい」

いつも彼は私を安心させる言葉をくれる。しかし、私はまだ落ち着かなかった。

「もう一つだけいいですか。恩地さんの従弟って児玉さんなんですか？」

「あぁ。もっと早くわかっていれば、葉月を守れたのにな」

「共哉さん……」

「もうあいつには近づかないように言った。大学で会っても話しかけないと約束させたから安心しろ」

そういえば先週から、児玉さんからメールが届いていない。もう彼がまとわりつかないのなら、大学にも通いたい。

それにしても、全く気づかなかった。すべては二人で仕組んだことだったのだ。

児玉さんはともかく、恩地さんはまだ共哉さんにかなり執着しているようだった。あの様子では、簡単にはあきらめてくれないだろう。まだまだ不安は尽きない。

「でも、恩地さんは……」

彼は私の頭を撫でて、顔を少し近づけた。

「あの女には親父も警戒してる。お前は何も心配しなくていい。それに……」

「え？」

「葉月が何よりも大切だから、どんなことでも乗り越える」

「共哉さん……」

彼はそのまま私の額にキスを落とした。

「本当に好きだから」

「私も好き……」

私たちは外だということも忘れて、何度もキスをした。

彼の熱が、私を熱くする。その熱はやがて涙となってこぼれ落ちた。

エピローグ

一年後、私と共哉さんは結婚式を挙げた。まだ在学中ということもあり、身内と仲のいい友人だけを集めた小さな式だが、ようやく神様の前で愛を誓える嬉しさがあった。

私はバージンロードを、今にも泣きだしそうな父と歩いた。

実家から彼のマンションに帰ると伝えた日、父は「戻るのか？」と言って渋った。あんなにお見合いに乗り気だった父とは別人の表情に、私は何も言えなくなった。

「葉月を嫁に出したことを後悔していた」

父の声は頼りなくて、私の気持ちを大きく揺さぶった。

「葉月は本当に戻りたいのか？」

きっと父はうなずくことを期待していない。でも……。

「彼のそばにいたいんです」

「そうか……」

「お父様、私は幸せです。彼と出会わせてくれてありがとうございました」

それは本心だった。

きっと共哉さんに出会わなければ父の愛情も知らないままだったに違いない。きっと姉にも再会できずにいただろう。

「許してくれ」

そう言って、父はうなだれて座り込んだ。父が泣くのを私は生まれて初めて見た。あんなに怖かった父が小さく見えて、父の背中に私は自分から初めて触れた。

その日、私は父から共哉さんへ自ら一歩を踏み出した――。

チャペルの窓から差し込む光に照らされた共哉さんの顔は、まるで王子様のように素敵だ。

「葉月、キレイだよ」

「共哉さんもカッコいいです」

彼が「愛してる」と耳元で囁く。好きだと言ってくれた日から、彼は私に毎日想いを伝えてくれる。

彼の愛の言葉は、私の胸を熱くさせ、これからも幸せを刻んでいく。

完

共葉月メヌエット

発行――●二〇一六年十月二十五日　初版第一刷

著者――●青山 萌

発行者――●須藤幸太郎
発行所――◉株式会社三交社
〒一一〇―〇〇一六
東京都台東区台東四―二〇―九
大仙柴田ビル二階
TEL 〇三（五八二六）四四二四
FAX 〇三（五八二六）四四二五
URL : www.sanko-sha.com
本文組版――●softmachine
印刷・製本――●シナノ書籍印刷株式会社
装丁――●ビーニーズデザイン 野村道子
Printed in Japan

ISBN 978-4-87919-276-9

エブリスタWOMAN

EW-027

秘蜜

中島梨里緒

夫のポケットから出てきた知らない女性の携帯番号。夫への浮気の疑惑と、未来を捨てた年下男との出会いが10年の結婚生活を破壊させていく。夫、妻、年下男…3人がたどり着く先は?ラストまで目が離せない禁断のラブストーリー。

EW-028

妊カツ

山本モネ

大学時代の同級生二人がひょんなことから再会を果たす。ともに35歳独身。性格は違うが共通する悩みは迫りつつある妊娠・出産のリミット。恋を取って、子供をあきらめるか。恋を捨てて、子供をとるか。究極の選択に二人が出した答えは!?

EW-029

狂愛輪舞曲

中島梨里緒

過去の苦しみから逃れるために行きずりの男に抱かれ、まるで自分へ罰を与えるように地獄の日々を過ごす高野奈緒。そんな彼女が、かつて身体の関係を結んだ男と再会する。複雑に絡み合う人間模様。奈緒の止まっていた時間が静かに動き始める。

EW-030

もっと、ずっと、ねえ。

橘いろか

ひかるには十年会っていない兄のように慕っていた七歳年上の幼馴染みがいる。そんな二人がひかるの就職を機に再開したが……。少女の頃の思い出が温かすぎて、それぞれの想いに素直になれない、もどかしい恋物語。

EW-031

マテリアルガール

尾原おはこ

小川真白、28歳。過去の苦い恋愛経験から信じるのはお金だけ。愛の言葉をささやかれても、いい思いをさせてくれない男とは付き合わない。そんな彼女の前に、最高ランクの男が二人現れる。一方で、過去の男たちとの再会に心が揺さぶられ、自分を見失いそうになるが……。

エブリスタWOMAN

EW-032

B型男子ってどうですか？

北川双葉

凛子は隣に引っ越してきた年下の美形男子が気になり始めるが、苦手なB型だとわかる。そんな折、年上の紳士（O型）と出会い、付き合ってほしいと告白される――。B型アレルギーだと信じ込むばかりに、本当の気持ちになかなか気づくことができない凛子。血液型の相性はいかに⁉

EW-033

札幌ラブストーリー

きたみ まゆ

タウン情報誌の編集者をしている由依は、就職して以来、仕事一筋で恋はご無沙汰。そんな仕事バカの彼女がひょんなことから、無愛想な同僚に恋心を抱いてしまう。でも、その男には別の女の影が……。28歳、不器用な女。7年ぶりの恋の行方はいかに⁉

EW-034

嘘もホントも

橘いろか

地元長野の派遣社員として働く香乃子は、ひょんなことから、横浜本社の社長秘書に抜擢される。異例の人事に社内では「社長の愛人」とささやかれ、秘書室内での嫌がらせは日常茶飯事。そんな逆風の中、働きぶりが認められ、正社員への道が開かれるが……。過去と嘘と真実が交わる中、香乃子の心が行きつく果ては？

EW-035

優しい嘘

白石さよ

瀧沢里英は、上司の勧めで社内一のエリート・黒木裕一と見合いをした。それは元恋人、桐谷寧史にフラれたことへの当て付けだったが、その場で黒木はいきなり結婚宣言をする。婚礼準備が進むなか、里英の気持ちは次第に黒木に傾いていく。しかし一方で、彼女はこの結婚の背後に隠された〝秘密〟に気づき始める。

EW-036

ウェディングベルが鳴る前に

水守恵蓮

一ノ瀬茜は同じ銀行に勤める保科鳴海と結婚した。しかしハネムーンでの初夜、鳴海の元恋人が突然二人の部屋に飛び込んできて大騒動になる。鳴海は彼女を送っていくと言ったまま、その夜帰ってこなかった。激高した茜は翌日ひとりで帰国の途に就き鳴海に離婚届を突きつけるが……。

エブリスタWOMAN

EW-037

なみだ金魚

橘いろか

美香子と学は互いに惹かれ合うが、美香子は自身の生まれ育った境遇から学に想いを伝えることができない。一方、学は居心地のよさを感じ、ふらりと美香子のアパートを訪れるようになった。そんな曖昧な関係が続き二年の月日が流れた頃、運命の歯車が静かに動き始める……。

EW-038

TWIN SOULS《ツインソウル》

中島梨里緒

遥香は別れた同僚の男と身体だけの関係を続けている。ある日、帰宅途中の遙香の車が脱輪しているところを、偶然通りかかったトラックドライバーが助けてくれた。お礼も受け取らずに立ち去ったドライバーのことが気になっていた矢先、遥香の働く会社に彼が現れる。この再会は運命か、それとも……。

EW-039

Lovey-Dovey 症候群《シンドローム》

ゴトウユカコ

高梨涼は不倫相手に「妻と別れることができなくなった」と告げられる。自暴自棄に陥った涼は泥酔の果て、立ち寄ったライブハウスで少年のようなヴォーカルの歌声に魅了された。翌朝、隣には昨夜の少年が裸で眠っていた――。恋に仕事に揺れ動く26歳と心に傷を負った18歳の年の差の恋が、今、始まる。

EW-040

バタフライプリンセス

深水千世

大学生の田村遼は男らしい性格のせいで彼氏に振られて酔いつぶれてしまう。そんな遼を助けてくれたのは、Ｂａｒ『ロータス』のバーテンダー・信幸だった。変わりたいと思い、ロータスでアルバイトを始めた遼だが……。素直になれない【さなぎ】は蝶のように羽ばたくことができるのか⁉

EW-041

雪華 ～君に降り積む雪になる

白石さよ

控えめな性格の結子は大学で社交的な香穂と出会い仲良くなったが、二人とも同級生の篤史を好きになってしまう。結子は気持ちを明かすことができず、香穂と篤史が付き合うことになり、結子の恋はそこで終わった。だが、香穂の死が結子と篤史を繋げてしまう。二人のたどり着く先は――？

エブリスタWOMAN

EW-042

再愛 ～再会した彼～

里美けい

白河葉瑠は高校の時、笑顔が素敵で誰からも好かれる楢崎怜斗に恋をした。奇跡的に告白が実ったが、大学に進学したある日、彼から一方的に別れを告げられた。それから八年、心の傷を癒せないままの葉瑠が異動した先で再会した怜斗は、無愛想で女嫌いな冷徹エースへと変貌していた――。

EW-043

となりのふたり

橘いろか

法律事務所で事務員をしている26歳の霧島美織のそばに今いるのは、同じ事務所で働く弁護士の平岡彰と名前も知らないパン屋の店長。友達は『適齢期の私たちが探すべきなのは【結婚相手】だ』と言うが、美織はパン屋の店長がどうしても気になってしまう。そんな時、平岡に付き合おうと言われ――。

EW-044

見つめてるキミの瞳がせつなくて

芹澤ノエル

札幌でネイルサロンを営む椿莉菜は、29歳の誕生日に四年間付き合っていた彼から別れを告げられる。そんな莉菜の前にファーストキスの相手である年下のイトコ・類が現れ、キスと共に告白をして去っていく。徐々に類に惹かれていく莉菜だったが、ある日類の元カノがやってきて――。

EW-045

もう一度、優しいキスをして

高岡みる

素材メーカーに勤める岡田祥子は、4歳年下の社内の恋人に30歳を目前にしてフラれてしまう。それから2年、失恋から立ち直れずに日々を過ごしていた祥子の部署に6歳年下の新井が異動してくる。そして元カレの送別会の帰り、祥子は新井に促され共にラブホテルに入ってしまう――。

EW-046

Once again

蒼井蘭子

藤尾礼子は、大阪の大学で二歳年上の関口遼と恋に落ちる。しかし、彼が大学卒業後、理不尽な別れ方をすることに。27歳になり、東京で働く礼子は同じ会社の柴田久志と婚約をするが、ある日遼が礼子の前に現れる。礼子に変わらぬ愛をぶつける強引な遼。礼子は次第に翻弄されていく……。